KB078424

레저렉션 5

10000LAB 현대 판타지 소설

초판 1쇄 찍은 날 § 2019년 12월 27일
초판 1쇄 펴낸 날 § 2020년 1월 3일

지은이 § 10000LAB
펴낸이 § 서경석

총괄팀장 § 노종아
편집책임 § 박현성
디자인 § 소소연

펴낸곳 § 도서출판 청어람
등록번호 § 제387-1999-000006호
등록일자 § 1999. 5. 31
어람번호 § 제1-3074호

주소 § 경기도 부천시 부일로 483번길 40 서경B/D 3F (우) 14640
전화 § 032-656-4452 팩스 § 032-656-4453
http://www.chungeoram.com
E-mail § chungeorambook@daum.net

ⓒ 10000LAB, 2019

ISBN 979-11-04-92113-1 04810
ISBN 979-11-04-92057-8 (세트)

청어람
도서출판

레저렉션 5

Resurrection

10000LAB 현대 판타지 소설

MODERN FANTASTIC STORY

레저렉션

Resurrection

Contents

제1장

꿈은 반대

그 시각 동일본병원.

흉부외과 전문의 아사다 류타로는 빔프로젝터를 이용해 수술 영상을 보고 있었다.

주먹을 꽉 움켜쥔 채.

손아귀에 땀이 찼다.

'이 자식, 이거 별종 아니야?'

입가에는 미소가 맺혔다.

'이도수'란 이름을 처음 접한 건 올해 초였다. 라크리마에서의 수술 영상이었다. 제대로 된 의료기기 하나 없이 보기만해도 끔찍한 환자들을 척척 수술해 내는 한 소년의 모습은 그를 비롯한 외과의들에게 영감을 주기에 충분했다.

동시에 일각에선 의심하는 이들도 나왔다. 영상이 조작된 것 아니냐는 의심이었다. 그러나 아사다 류타로는 그 영상에 의구심을 가지지 않았다.

'그땐 분명 응급 외과수술만 할 줄 아는 녀석인 줄 알았는데……'

한 꺼풀 벗겨보니 그냥 수술 귀신 정도가 아니라 괴물이었다.

외계인이라고 해도 믿을 정도로 기묘한 수술 실력을 보여주고 있었다.

그뿐인가?

이건 심장 성형술을 오랜 시간 집중적으로 연구해 온 일본 의학계의 이론을 뛰어넘는 신개념 수술이다.

그렇다고 아무나 할 수 있는 수술도 아니었다.

'나라면, 할 수 있을까?'

그는 스스로에게 물었다.

단순히 새로운 방식의 심장 성형술이 아닌, 발군의 기술을 가진 써전들만 할 수 있는 심장 성형술인 것이다.

그 순간.

탁!

실내에 불이 들어왔다.

형광등을 켠 인턴이 자리로 돌아오자, 레지던트 하나가 입을 열었다.

"믿을 수 없습니다. 저런 실력이라니."

꼬리를 물고 비슷한 견해가 나왔다.

"이렇게 빠를 수 있는 겁니까?"

그에 아사다 류타로가 고개를 저었다.

"불가능하지."

"선생님도요?"

"저 수술이 가능하다 해도 저런 속도를 낼 수는 없어."

아사다 류타로는 솔직히 인정했다.

"…나 아닌 누구라도 힘들다고 봐야지."

"그게 무슨……."

"그럼 닥터 리가 흉부외과계의 일인자란 뜻이십니까?"

"지금 현역에 있는 흉부외과의 중에는."

그렇게 대답한 류타로가 턱을 긁적였다.

"뭐, 어디까지나 심장 성형술에 국한된 거긴 하지만. 흉부외과 수술은 다양하다. 저 실력이면 다른 수술도 기본 이상은 하겠지만, 모든 수술을 저만큼 한다고 보긴 힘들어."

"왜죠? 심장 성형술이면 흉부외과 수술 중에도 최고난도의 수술인데……."

"우리가 본 한 번의 수술을 위해 무수하게 연구하고 연습했을 거 아니야?"

"그렇… 겠죠."

"그럼 다른 수술은 어떨지 모르지. 그래도 한 가지 확실한 건… 이 수술은 배워둘 만하다는 거야."

"선생님이라면 하실 수 있을 겁니다."

워낙 고난도 수술이기 때문에 다른 써전들은 보고도 엄두를 못 냈다.

그러나 흉부외과계의 세계적인 권위자, 아사다 류타로는 달랐다.

"그래. 바티스타는 백 퍼센트의 성공률이 아니었다. 수술 후 사망하는 환자들이 다수 있었다. 하지만 이 수술법이라면 그들을 모두 살릴 수 있을 거야."

류타로가 말을 이었다.

"한번 만나보고 싶군."

"우리 병원에 연수 일정이 잡혔다고 들었습니다."

그러나 류타로는 종잡을 수 없는 사람. 아무도 못 말리는 괴짜 흉부외과의였다.

"아니, 그때까지 기다릴 인내심이 없어."

무슨 생각인지 빙그레 미소 짓는 그. 그를 바라보는 팀원들의 표정이 의아하게 물들었다.

그러나 아사다 류타로는 그에 대한 설명을 부연하지 않았다. 대신 혼잣말로 중얼거렸다.

"라이벌을 만난 기분이랄까. 이런 감정은 오랜만이란 말이야."

물론.

그가 만약 도수가 예전에 뇌 실질 표면에 발생한 뇌출혈 수
술을 해냈다는 걸 안다면, 방금 대장 전체에 걸쳐 침윤된 담
낭암 수술을 새로운 방식으로 해냈다는 사실을 들었다면 기
겁했을 터였다.

아사다 류타로의 영역은 흉부외과 하나였지만 도수는 여러
영역을 동시에 섭렵한 써전이었다. 평생에 걸쳐 한 분야만 전
공해도 끝을 보기 힘든데 여러 분야를 전공하는 일은, 결코
쉽지 않은 일이기 때문이다.

*   *   *

한편 천하대병원에선 도수의 수술이 끝났다.

"…수고하셨습니다."

"고생하셨습니다."

수술실 안의 의료진들이 인사를 건넸다. 그들 모두 탈진하
기 일보 직전의 모습이었다. 도수 역시 온몸이 땀범벅이었고,
몸에는 힘이 하나도 없었다.

긴장이 풀린 탓이다.

임숙영의 얼굴을 내려다본 도수가 말했다.

"모두 고생하셨습니다. 환자 회복실로 옮겨주세요."

그러자 강미소가 시선을 좇으며 물었다.

"괜찮으실까요?"

도수는 고개를 끄덕였다.

"지켜봐야겠지만."

그때 조근현 교수가 덧붙였다.

"수술은 성공한 것 같은데."

"예."

도수의 말에 그가 안도했다.

"회복하실 가능성이 생겼단 거군요."

"그 표현이 정확합니다. 나머진 환자한테 달렸어요."

"다행입니다. 센터장님, 고생했습니다. 어려운 수술이었어요."

수술 시간만 장장 일곱 시간이 걸렸다.

대부분의 수술이 두어 시간을 넘지 않고, 아무리 복잡한 수술도 대여섯 시간이면 끝난다는 걸 감안하면 결코 적지 않은 시간이 소요된 셈이다.

그러나 도수가 아니었다면 네 가지 수술을 동시에 하지 못했을 터였다. 일곱 시간이 아니라 열 시간을 준다 해도 환자를 살려서 수술을 끝내지 못했을 것이다.

이런 의미로 봤을 때 도수는 의과의들의 존경심을 사기에 충분했다.

그 안에는 일선에서 손발을 맞춘 조근현 교수도 포함되어 있었다.

"좀 쉬십시오. 응급실은 제가 애들이랑 나눠서 보겠습니다."

그들 모두 기진맥진한 건 마찬가지였다.

다만 선봉에서 이 수술을 이끈 도수에 비하면 노동량이 적었다.

해서 도수는 굳이 사양하지 않았다.

"감사합니다."

장갑을 벗은 그가 참관실을 향해 목례를 하곤 돌아서서 수술실을 나갔다.

수술실 밖 공기를 들이마시자 무거운 스키 부츠를 신고 있다 벗은 것처럼 마음이 한결 가벼워졌다.

그 순간.

밖에서 졸고 있던 김해리가 눈을 비비며 일어났다.

"오빠, 어떻게 됐어?"

"수술은 성공했다."

도수가 말을 이었다.

"그래도 안심하긴 일러."

"오빠 생각은 어떤데?"

"……."

"엄마, 다시 건강해질 수 있어?"

"그럴 거다."

도수가 덧붙였다.

"강한 분이시잖아."

김광석은 얼굴 보기도 힘든 데다 금전적으로 열악한 환자들을 위한답시고 빚만 졌다. 환자들에게는 하늘이 내려준 의인일지 몰라도, 아내 입장에선 미치고 팔짝 뛸 노릇. 이렇다 보니 그녀 혼자 생계를 꾸려가며 해리를 키운 거나 마찬가지였다. 그 모든 걸 다 이해하고 수십 년을 같이 산 것만 봐도 임숙영이 얼마나 강한 여자인지 알 수 있었다.

　그리고 이번에도.

　아팠을 텐데도 남편과 딸내미에게 심려를 안 끼치려고 끙끙 앓다가 실려 오지 않았는가.

　그런 어머니 밑에서 보고 자란 해리는 고개를 주억거렸다.

　"강한 분이셔. 꼭 일어나실 거야."

　고개를 끄덕이던 도수가 물었다.

　"교수님은?"

　"아… 아빠."

　해리가 희미한 미소를 지으며 대답했다.

　"환자 보러 가셨어."

　"너만 두고?"

　"내가 가시라고 했어. 엄마 나오시면 전화하겠다고."

　그 부모에 그 딸이다.

　"…환자에 집중도 안 되실 텐데."

　"응. 그래서 무리 안 하신다고."

　"교수님도 교수님이지만 너도 대단하다."

"엄마만 환자는 아니잖아."

"······."

말을 잃은 도수를 향해 김해리가 덧붙였다.

"엄마 말고도 위급한 환자들이 많잖아? 아빠가 있냐 없냐에 따라 그 환자들 목숨이 달린 거고······. 내가 엄마 간호를 하다 보니 더 공감이 되더라."

"훌륭한 의사가 되겠다."

해리의 꿈은 의사.

해리가 대답했다.

"아빠 같은 의사가 될 거야."

"교수님이 싫어하실 것 같은데."

보통 고단한 길이 아니니.

그러나 해리는 대수롭지 않게 말했다.

"내 인생은 내 건데 뭐."

"그렇지."

도수가 수긍하는 사이.

그녀가 현황판을 올려다보며 눈물이 번진 눈가를 소매로 슥 닦았다.

"난 아빠한테 전화하고 회복실 앞에 가 있어야겠다. 오빠, 오늘 고마워."

"너무 걱정 말고."

"넵··· 나 씩씩한 거 알잖아?"

"잘 알지."

머리카락을 헝클어뜨린 도수가 어깨를 토닥여 주었다. 그리고 해리가 멀어질 때까지 작지만 늠름한 뒷모습을 바라봤다.

물론 그는 알고 있었다.

늠름한 척하는 그 모습이 언제든 무너질 수 있음을. 아버지가 집에 자주 못 들어오다 보니 자연스레 모녀 관계가 깊어졌다. 임숙영이 잘못되기라도 한다면, 그녀는 정말 견디기 힘들어할 것이다.

두벅, 두벅.

다시 걸음을 옮기는 도수.

그는 의국으로 가던 걸음을 돌려 꿈에서 봤던 소아 환자, 그리고 산에서 추락 사고를 당했던 노인을 향해 걸었다.

해리의 말을 듣고 심경의 변화를 겪은 것이다.

잠은 지금 자나 삼십 분 뒤에 자나 부족하지만 그의 발걸음 한 번, 한 번에 환자들은 변화를 겪는다. 소아 환자나 노인 환자처럼 사고로 응급수술을 받은 중증 외상 환자의 경우 정말 수시로 컨디션이 오르락내리락하게 마련이다.

어제까지 회복세에 접어들었던 환자가 오늘 사망하는 경우도 있고, 심실세동이 왔던 환자가 기적처럼 눈을 뜨는 일도 있었다.

예측할 수도, 종잡을 수도 없는 막연한 미래.

그렇기 때문에 직접 수술한 주치의가 자주 들여다보는 것만이 환자의 몸에 일어날 수 있는 변수를 예방할 수 있는 최선이었다.

병실에 도착해 소아 환자를 봤을 때, 도수는 눈을 질끈 감았다.

'꿈은 반대라더니.'

꿈에선 소아 환자가 깨어나 있었다.

그러나 현실의 아이는 여전히 의식을 찾지 못한 상태였다.

보호자가 얼마나 울었는지 퉁퉁 부은 눈으로 말했다.

"선생님……."

"안녕하세요."

"우리 찬영이는 왜 안 깨어날까요? 언제쯤 깨어날는지……."

그 질문에 답해줄 수 있다면, 진즉 말해줬을 것이다.

"꼭 깨어날 겁니다."

수술은 분명 성공적이었다.

그래서 이럴 때 더욱 답답했다.

수술은 성공했는데 환자가 의식이 돌아오지 않는 경우.

해답을 가지고 있는 건 의사가 아니다.

심지어 '언제 깨어날 거다'라고도 말할 수 없다.

"수술은 성공했다고 하셨잖아요? 그런데 왜……."

한숨을 뱉은 보호자가 울컥 다시 눈물을 쏟으며 말을 이었다.

"아무리 뇌사였다고 해도, 애 아빠가 목숨까지 바쳐가며

준 심장이에요. 찬영이는 꼭 살아야 해요. 그래야 저도 살아
요……. 찬영이는 제게 남은 전부예요."

교통사고로 인해 남편을 잃은 여인이다. 한데 그 아들마저
목숨이 위태로운 상황이었다. 하늘이 무너지고 땅이 꺼진 채
암흑 속을 헤매는 기분일 것이다.

도수 역시 한날에 부모님을 잃어봤기에 그녀의 심정을 알
수 있었다. 다시 상기하고 싶지 않은 그 고통에 가슴이 욱신
거렸다.

마음 같아선 지금이라도 당장 아이를 일으켜 세우고 싶었
지만, 도수는 자신이 할 수 있는 최선의 대답만을 할 따름이
었다.

"아이들의 회복력은 어른보다 훨씬 빠릅니다. 엄마를 다시
보고 싶어서라도 꼭 깨어날 테니 조금만 기다려 주세요."

"감사합니다……."

"아닙니다. 그럼."

목례한 도수는 병실을 빠져나왔다. 굳이 구체적으로 확인
작업을 할 필요가 없었다. 오늘 오전에 확인해서가 아니라, 아
주 조금의 투시력만으로도 찬영이의 몸에는 문제가 없다는
걸 알 수 있었기 때문이다.

'뇌사도 아니다.'

출혈이 심했지만 뇌가 죽진 않았다.

그런데도 수술 한참 후인 아직까지 의식을 차리지 못한다

는 건 의아한 일이었다.

두벅, 두벅.

다시 걸음을 옮겨 들른 곳은 노인 환자가 누워 있는 병실이었다.

노인 환자는 정신을 차리고 식사도 재개한 상태였다.

다른 환자를 보고 있던 간호사가 다가와서 말했다.

"오늘 아침에 깨어나셔서 저녁부터 식사 시작하셨어요. 선생님 수술 들어가셨을 때요."

"아아."

도수가 고개를 끄덕였다.

"회복이 빠르네요."

"네, 그리고… 직업이 의사시더라고요."

"의사요?"

도수가 눈을 치떴다.

의사였다니.

뭐, 의사라고 다치지 않으리란 법은 없으니 깜짝 놀랄 일은 아니었다. 그렇다고 신기하지 않은 것도 아니다. 의사란 직업을 가진 환자는 라크리마에서 있었던 때 이후 처음이었다.

"묘하네요."

"그렇죠?"

생긋 웃은 간호사가 고개를 꾸벅 숙여 보이곤 병실을 나갔다.

뒤에 남겨진 도수는 노인을 향해 투시력을 사용했다.

샤아아아아아아.

건강상태는 양호.

등산을 다니며 평소 건강관리를 잘해왔는지 팔십 대답지 않은 회복력이었다. 기적적이라고 표현해도 무방할 수준이다.

노인이 빙그레 웃으며 말했다.

"기분이 좋습니다."

"가족분들은요?"

"외국에 있어요."

"아아."

"그건 그렇고, 선생님한테 궁금한 게 있습니다."

"예."

"아무리 생각해도 납득이 안 가서 말입니다."

"뭐가요?"

도수가 갸웃하자.

노인이 다시 물었다.

"대체 무슨 방도를 썼기에 날 살려서 여기까지 데려온 겁니까?"

그는 추락 사고를 당한 후 구조를 기다리며 확신했다. 가물가물 흐려지는 의식 속에서, 영영 다시 눈을 뜨지 못할 것을.

그런데 버젓이 살아서 정신을 차린 것이다.

그를 가만히 응시하던 도수가 입을 열었다.

"이송 중 불가피한 개복을 했습니다."

"개복?"

노인이 눈을 치떴다.

"내 듣기로 구조용 헬기로 실려 왔다고 하던데? 이도수 선생님이 직접 이송해 왔다고 알고 있고."

"맞습니다."

"……!"

그때 불현듯, 말도 안 되는 생각이 노인의 뇌리를 스쳤다.

"설마 헬리콥터 안에서 개복을 했단 말입니까?"

"네."

"그날 날씨도 좋지 않았던 걸로 기억하는데……."

"비바람이 불었습니다."

"흔들렸을 텐데?"

"그랬죠."

"……."

너무 태연한 답변에.

노인은 믿기 힘들면서도 묘한 신뢰가 갔다. '이도수'란 이름은 익히 들어본 이름. 그 대단한 소년이 거짓말을 치고 있진 않을 것 같았기 때문이다.

"정말 믿을 수가 없군……. 헬기 안에서 개복이라니."

"불가피한 선택이었습니다."

"그랬겠지. 나도 압니다. 그런 부상을 입고도 살아 있는 게 신기할 따름이에요."

"……."

이번엔 도수가 말이 없었다.

사이를 둔 노인이 물었다.

"수술로 출혈을 막은 겁니까?"

"예."

호기심이 가득 묻어나는 눈빛을 마주 본 도수가 설명을 덧붙였다.

"복부 동맥을 잇고 다른 장기들은 패드로 지혈했습니다."

"복부 동맥도 끊어졌었습니까?"

배 속 출혈이 극심한 건 직접 느꼈지만 복부 동맥이 끊어진 것까진 미처 몰랐다. 순식간에 사망에 이를 수도 있는 상황이었던 것이다. 그 순간의 느낌이 오버랩 된 노인이 미간을 찌푸렸다.

"그렇습니다."

대답이 돌아오고.

노인은 다시금 충격받은 어조로 물었다.

"그 상황에 혈관 봉합을 했단 말입니까?"

"네."

"흔들리는 헬기 안에서요?"

재차 확인했지만.

끄덕.

도수가 고개를 끄덕이자, 노인이 헛웃음을 터뜨렸다.

"듣던 것보다 훨씬 더 출중한 실력을 가졌나 보군요……. 모두가 포기한 환자도 살려낸다는 소문이 과장이 아니었어."

직설적인 칭찬에 도수의 얼굴이 붉어졌다.

이를 오해한 노인이 말했다.

"아, 선생님 실력을 평가하는 건 아닙니다."

"괜찮습니다."

평가하면 뭐 어떤가 싶었다.

이내, 노인이 진지한 표정으로 입을 열었다.

"선생님을 보니 미국에 있는 손자 놈이 생각납니다. 아마 비슷한 나이일 거예요."

"전 올해로 스무 살입니다."

"허허허허. 맞아요. 그렇게 들었던 것 같습니다. 그런데 생각보다 더 젊어요. 우리 손자보다 여섯 살이나 더 적군요. 내가 왜 그 녀석 얘길 꺼내냐면……."

도수가 의아하게 쳐다보자 그가 말을 이었다.

"어려서부터 몸이 안 좋아서 미국에 보냈어요. 치료를 받으러 흉부외과 분야 권위자를 찾아 보낸 거지. 그 덕분에 많이 회복이 됐었는데……. 크면서 무리하게 운동을 해서 그런가 병이 다시 도졌지 뭡니까?"

"이런……."

"그런데 이 녀석을 수술해 줬던 주치의께서 돌아가셨어요.

이젠 정말 잡을 지푸라기도 없어진 거지."

"…다른 의사도 많지 않습니까?"

그렇게 묻는 도수의 뇌리로 '아사다 류타로'라는 이름이 떠올랐다. 그가 이사장에게 들어 알고 있는 유일한 실력자의 이름이었다. 그 써전도 흉부외과라고 하지 않았던가?

그러나 노인은 고개를 저었다.

"그게, 말처럼 쉽지 않습니다. 심장이 선천적인 기형이에요. 십여 년 전 수술했던 당시에도 주치의께서 이야기했습니다. 통상적인 수술법으론 회생이 힘들다고. 수술이 끝난 후에는 그러더군요. 완치는 확실치 않다."

"그런 불안정한 상태로 운동을 했던 겁니까?"

"꿈 없는 삶이 무슨 의미가 있겠소?"

"……."

"내 손자 놈이 그리 말하더군요. 그래서 내버려 뒀습니다. 운동선수가 되는 건 반대했지만 입대는 허락했죠. 한동안은 괜찮았습니다. 전역할 때까진."

꿈 없는 삶이 무슨 의미가 있는가.

그 말이 도수의 심장에 와닿았다. 그는 부모님을 보며 의사를 꿈꿨고 지금도 사람들을 치유하고 있었다.

그런데 더 이상 이 일을 할 수 없다면?

뭘 해야 할지 알 수 없다.

의사란 직업은 도수의 정체성 그 자체였다. 사람을 치유하는 능력을 빼면 그에게는 아무것도 남지 않는다.

명석한 두뇌, 제법 뛰어난 반사신경, 투시력 같은 재능들은 어디서든 활용할 수 있겠지만 사람을 살리는 일이 아니라면 그에게는 무용했다.

그렇기에.

그는 쉬지 않고 환자를 돌봤다.

그가 다른 데 정신을 팔고 다른 일을 하는 모든 시간 속에서도 누군가는 다치고 누군가는 병들고 누군가는 죽는다.

그렇기 때문에 도수는 라크리마를 떠날 수 없었고, 병원을 떠날 수 없고, 앞으로도 환자가 있는 곳을 찾아다닐 터였다.

그 무엇도 사람을 살리는 것보다 값지지도, 즐겁지도 않기 때문이다.

"손자분이 영특하신 것 같습니다."

"그래요, 영특합니다. 그러니 존중한 게고. 문제는 그 영특한 아이에게 다시 한번 시련이 찾아왔다는 겁니다. 이번엔 빛이 보이지 않았어요."

"……."

"지금 내가 선생님을 만난 게 우연이라고 생각하지 않습니다."

"무슨 말씀이신지."

"사람 인연이란 건 늘 타이밍 아닙니까? 공교롭게도 전에 선생님 소문을 접한 후 이력을 좀 찾아봤었습니다. 물론 그 이력들만으론 속단하기 힘들었지요. 그래도 하나뿐인 손자인데,

그 아이의 생명을 쉽게 누군가에게 맡길 순 없었으니."

"그러셨겠죠."

"한데 이렇게 선생님을 만난 겁니다. 그리고 죽었다 확신했던 내 목숨을 살려주었습니다. 사고 후 나를 봤다면 어떤 써전이 내 몸에 칼을 댈 생각을 했겠습니까?"

노인의 말은 사실이었다.

그를 처음 봤을 때 그는 죽음의 문턱에 서 있었다.

도수 아닌 대부분의 외과의라면 포기했을 터였다.

그러나.

"아닙니다."

뜻밖의 한마디.

도수의 말에 노인이 눈을 크게 떴다.

"뭐가 말입니까?"

"전 환자분이 생각하시는 그런 사람이 아닙니다."

"왜 그렇습니까?"

"저는 제가 볼 때 가망 있는 환자의 생존율을 최선을 다해 끌어올릴 뿐입니다. 저도 환자를 잃을까 봐 두렵습니다. 그건 다른 써전들과 같아요."

"다들 불가능하다고 하던 수술. 그런 수술을 해내지 않았습니까."

"그들과 제 생각이 달랐을 뿐입니다."

"그럴 수도 있겠지요."

노인이 강렬한 눈빛을 보내며 말을 이었다.

"그래도 듣고 싶습니다. 손자 놈을 부르는 건 쉬운 일이 아니에요. 그 녀석이 여기까지 왔는데 선생님이 고개를 내젓는다면 다시 한번 상처를 받을 겁니다. 치료를 포기할 수도 있을 거예요. 그래서 조심스럽습니다. 그러니 말씀해 주십시오. 모두가 거부한 환자를 한번 봐주실 의향이 있으십니까?"

노인의 말처럼 정확한 건 환자의 상태를 봐야 안다.

하지만 죽 들어보니 다른 이들은 '수술을 할 수 없다'고 답했을 터. 반대로 지금은 이 세상 사람이 아닌 어떤 의사가 '할 수 있다'고 판단하고 수술을 성공시켰기에, 노인은 희망을 버리지 않고 묻는 것이다.

그 부분을 상기한 도수가 대답했다.

"저는 저를 찾아온 환자를 그냥 돌려보내지 않습니다. 그건 말씀드릴 수 있습니다."

"그거면 됐습니다."

빙그레 미소 지은 노인이 말했다.

"외래를 보시는 분이면 진료기록을 보낼 텐데 응급실로 보내야겠군요. 내 손자 놈이 앓고 있는 희귀병에 대한 자료는 이메일을 알려주시면 보내겠습니다."

그간의 수술 기록과 검사 결과를 보낸다는 뜻.

심장의 경우, 이미 한 번 수술받은 심장을 재수술한다는 건 쉬운 일이 아니다. 그럼에도 이식을 생각하지 않은 건 이식도 힘든 질환이란 의미다.

도수가 명함을 건넸다.

"이쪽으로 주십시오."

"고맙습니다. 꼭 보답하겠습니다."

고개 숙이는 노인.

문득 궁금해진 도수가 물었다.

"어느 병원에서 근무하십니까?"

"이미 은퇴했습니다만……."

빙그레 웃은 노인이 말을 이었다.

"그 전에는 명인대학병원에서 신경외과 과장으로 근무했었
습니다."

*　　　　*　　　　*

미국 캘리포니아.

오클랜드 국제공항.

헤어스타일은 포마드, 선글라스를 쓰고 청바지에 셔츠를 입
은 동양인 남자가 출국심사를 마치고 한국행 비행기를 탔다.

그의 이름은 엄승진.

어릴 적 심장 수술을 받기 위해 미국에 왔다가 스물여섯인
지금까지 쭉 이곳에서 산 청년이었다.

그는 한국에 계신 할아버지가 사고를 당했단 소식을 듣고

그 즉시 비행기표를 끊어 떠나는 길이었다.

자리에 앉아 창문을 바라보고 있는 그때.

금발을 가진 백인 미녀가 옆에 와서 앉았다.

'오늘은 운이 좋군.'

빙그레 웃은 엄승진은 비행기가 출발하길 기다렸다.

그리고 비행기가 상공에 뜨자.

물 흐르듯 자연스럽게 미녀에게 말을 걸었다.

"실례지만……."

"예?"

"어디까지 가시죠?"

"한국."

짤막한 대답.

엄승진은 위축되지 않고 표를 보여주었다.

"가는 길이 같군요."

"아, 네."

"출장인가요?"

그 질문에 여자가 살짝 호기심을 드러냈다.

"어떻게 알았죠?"

"저한테는 특별한 능력이 있거든요."

"특별한 능력……?"

"뭐, 통찰력 같은. 그런 겁니다."

빙그레 웃은 엄승진이 말을 이었다.

"직업은 기자?"

"음."

짧게 침음한 그녀가 피식 웃었다.

"작업치곤 참신하네요."

"말했잖아요. 내겐 특별한 능력이 있다고."

"스스로 마법사라고 주장하고 싶은 것 같은데. 난 그쪽이 얘기한 대로 논픽션을 다루는 직업이라 허접한 마술에는 별 관심 없거든요."

그녀는 기자증을 슬쩍 보여준 뒤 말을 이었다.

"스스로 마법사라는 걸 증명하면 어울려 드리죠."

"이런."

짐짓 흠칫한 엄승진이 고개를 내저었다.

"하필 기자한테 들키다니. 운도 지지리 없지."

"시시껄렁한 농담을 좋아하는 것 같은데."

"미녀와 농담 따 먹기 하는 걸 좋아하는 겁니다."

그는 자신의 신분증을 슬쩍 보여주었다.

그 신분증에는 알파벳 세 개와 누구나 알아볼 문양이 새겨져 있었다.

"CIA?"

"이제 농담에 응할 생각이 좀 드나요?"

"좋아요, 제임스 본드 씨."

흥미를 보인 그녀가 물었다.

"한국에는 왜?"

"할아버지 병문안. 그리고……"

엄승진이 길게 말하지 않고 셔츠 단추를 풀었다.

톡, 톡!

"섹스어필을 하는 거라면……"

그 순간.

셔츠 사이로 드러난 엄승진의 가슴팍을 본 여자의 눈이 커
졌다.

"이건?"

"맞습니다. 심장 수술 자국."

"수술받기 위해 한국으로 간다고요?"

"미국은 의료비가 너무 비싸서."

"그게 다예요?"

고개를 저은 엄승진이 대답했다.

"기자라면 '이도수'란 이름을 들어봤죠?"

"이도수?"

여자의 푸른 눈에 이채가 서렸다.

"이도수… 그 이름을 여기서 듣게 될 줄은 몰랐는데."

"설마 그럴 리 없겠지만, 그를 아는 듯한 말투인데."

"맞아요."

"맙소사."

"모든 걸 꿰고 있다는 듯한 표정은 어디 갔죠? 제임스 본

드 씨."

그녀가 화제를 전환했다.

"이도수한테 수술을 받으려는 거군요."

"혹시 CIA 생각 있어요?"

"아뇨."

여자가 말했다.

"라크리마에서의 이도수 관련 기사. 내가 최초로 보도했어요. 그쪽이나 나나 행선지가 겹치는 건 신기하지만… 그쪽보단 닥터 리가 훨씬 더 매력적이라서."

그녀가 안대를 쓰려 하자 엄승진이 입을 열었다.

"내 심장은 특별합니다."

여자, 매디 보웬의 손동작이 멈추자.

빙그레 웃은 엄승진이 말을 이었다.

"선천적인 기형이죠. 재수술이 필요한데, 누구도 내 심장을 보고 수술하려 들지 않더군요. 실패해도 본전이고 성공하면 대단히 각광받을 텐데."

"재수술이라면 누군가는 수술을 했다는 뜻?"

"그랬죠. 옛날 옛적에 그런 분이 계셨습니다. 내가 심장 수술을 한 게 알려지면 운동을 못 할까 봐, 부와 명예를 포기해 가며 환자와의 비밀을 지켜준 위대한 의사가."

"감동적인데요."

"그런 감동적인 의사는 세상에 더 없는 것 같더군요. 뿐만 아니라 내 심장에 칼을 댈 만큼 용감한 의사도 없죠. 닥터 리에 대해선 잘 모르겠지만, 그 역시 내 상태를 보면 고개를 저을 겁니다."

"……."

"세계 최고의 흉부외과의라는 아사다 류타로도 '힘들다'고 했으니까."

"아사다 류타로라."

매디 보웬이 한국으로 가는 이유.

한국으로 귀국한 뒤 계속 파란을 일으키는 도수를 취재하고자 하는 목적도 있었지만, 아사다 류타로란 이름도 이 일에 개입되어 있었다.

세계 최고의 흉부외과의로 명성이 자자한 그가 괴짜라는 소문답게 직접 도수의 실력을 보기 위해 한국으로 떠났다는 소식을 들은 것이다.

"별로 겹치고 싶지 않은데 계속 겹치네요. 아사다 류타로는 최고의 흉부외과의죠."

"그런 그가 포기했다면 전 죽었다고 봐야죠."

씁쓸하게 웃은 엄승진이 안색을 바꾸며 능글맞게 말했다.

"산 사람 소원도 들어준다는데 죽을 사람 소원은……."

"제 생각은 좀 다른데요."

매디 보웬이 더 듣기 싫다는 듯 말을 잘랐다. 그리고 나지막이 덧붙였다.

"방금 얘긴 흥미로웠어요. 앞으로 더 감동적인 드라마가 써질 것 같기도 하고… 당신은 닥터 리를 최후의 보루로 생각해도 좋을 거예요."

엄승진이 고개를 갸웃했다.

"무슨 뜻인지?"

"그는 포기를 모르는 남자거든요."

"그에 대해 정말 잘 아나 보군요."

무슨 말인지 이해한 엄승진이 이죽거렸으나.

매디 보웬은 당당하게 대답했다.

"물론이에요. 그러니 그를 만나기 전까지 비관적인 생각은 하지 말라는 거예요."

"위로해 주는 겁니까?"

"글쎄요."

고개를 돌려 창밖을 응시한 매디 보웬이 입에 미소를 배어물고 말을 이었다.

"위로가 됐으면 좋겠네요. 그가 할 수 없다면 그때 포기해도 늦지 않아요. 그가 포기한다면 적어도 현세에는 당신을 치료할 수 있는 기술도, 사람도 없다는 뜻이니까. 라크리마에서 기적을 봤던 제가 증명하죠."

제2장
아사다 류타로

　매디 보웬과 엄승진이 도수를 만나기 위해 한국으로 향하는 사이.

　도수는 임숙영을 찾아갔다.

　병실 문을 여는 순간.

　눈을 깜빡이고 있는 임숙영의 모습이 눈에 들어왔다. 그리고 그녀 곁을 지키고 있는 김광석, 김해리의 얼굴도.

　"도수야."

　나지막이 그를 부른 김광석의 눈가가 파르르 떨려왔다.

　"안 그래도 찾아가려고 했는데… 네가 먼저 왔구나."

　가볍게 목례한 도수가 미소 지었다.

"깨어나셨군요."

"그래… 다 네 덕분이다……. 그 어려운 수술을 해내다니."

"검사 결과는 받아 보셨어요?"

"간담췌외과 과장이 직접 주고 갔다."

임숙영이 실려 왔을 때 얼굴도 비추지 않았던 간담췌외과 과장이다. 그런 그가 검사 결과나 알려주려 직접 왔다니 의외였다.

그에 김광석이 말했다.

"수술을 극구 반대하던 입장이었으니. 미안할 테지."

"아아."

그제야 간담췌외과 과장의 심리를 납득한 도수가 김해리에게 눈길을 돌렸다.

"괜찮아?"

"고마워, 오빠!"

그녀가 와락 안겼다.

샴푸와 베이비 로션 향이 뒤섞인 풋풋한 향기가 코끝을 찔렀다.

잠깐 당황했던 도수는 등을 토닥여 주며 세 사람 모두에게 말했다.

"병실 오기 전에 검사 결과 보고 왔어요. 아시다시피 안정적입니다."

김광석이 고개를 끄덕였다.

"수술 과정을 들었다. 직장 내 동맥, 정맥 외에 혈관들을 재구성했다고."

"네. 다행히 제 역할을 하는 것 같아요."

"그래, 그렇더구나."

김광석은 머리를 흔들었다.

"정말 놀라운 일을 해냈다."

그러더니 임숙영을 보며 말을 이었다.

"도수가 당신을 기적적으로 살려냈어. 나도 앞으로 달라질 테니 당신도 힘내야 돼."

머리카락을 쓸어 넘겨주는 그.

임숙영이 눈을 깜빡이는 것으로 대답했다.

두 사람의 모습을 보고 있자니.

찌르르.

도수의 가슴속이 가늘게 떨려왔다. 그는 해리를 떼어내며 말했다.

"전 다시 환자 보러 가보겠습니다."

"정말 고마워, 오빠."

"당연한 걸."

도수가 해리의 머리카락을 헝클어뜨리고.

김광석이 말했다.

"고맙다. 이 은혜는 꼭 갚으마……. 너무 큰 빚을 져서 다 갚을 수 있을지 모르겠지만."

"좋아지실 거예요."

가볍게 목례한 도수는 병실을 나가서 문을 닫고 등을 기댔
다.

"후."

그가 빨리 자리를 피한 건 비단 환자 때문만은 아니었다.

병실 안 김광석 가족의 모습을 보고 있노라면 흐뭇함과 함
께 잊었던 그리움이 몰려왔다. 다른 환자들을 볼 때보다 그
농도가 짙었다. 그 집에서 한 가족처럼 지내며 보고 느꼈던
것들이 있으니 당연했다.

고개를 절레 저으며 뜨끈해진 눈시울을 식힌 도수는 걸음
을 뗐다.

환자 한 명을 떠나보냈으니.

이제 찾아올 환자를 생각해야 하는 그였다.

매일매일 새로운 환자들을 접해야 하는 그의 마음속은 다
른 무언가가 비집고 들어올 틈이 넉넉지 않았다.

*   *   *

연구실로 돌아온 도수는 노인에게 받은 자료를 검토했다.

첫 번째로 본 사진은 올해로 스물여섯 살이라던 노인의 손
주가 이십오 년 전 찍은 사진이었다.

"첫 수술이 아니었어?"

그가 들은 수술은 두 번째 수술이었다.

태어난 지 얼마 안 됐을 때 찍은 검사 사진은 한 가지 질환을 뜻하고 있었다.

"티오에프(Tetalogy Of Fallot: 팔로 4징후)?"

큰 심실중격 결손증, 혼합형 폐동맥 협착, 대동맥 기승, 우심실비대의 네 가지 증상을 동반한 선천성 심장질환.

기록을 보니 매뉴얼대로 6개월 이내 단락술을 시행하고 24개월 이내에 교정을 했다.

이건 국내에서.

다음 사진은 지금으로부터 십사 년 전, 환자 나이 십이 세 때 검사를 받은 사진이었다.

"……!"

도수가 미간을 찌푸렸다.

단순히 팔로 4징후 수술에 관한 후유증이 아니었다. 환자의 심장은 팔로 4징후로 생길 수 있는 문제의 경로를 완전히 벗어나 있었다.

"어떻게 이럴 수 있지?"

지나치게 부어오른 심장의 크기.

그리고 기묘한 형태.

다시 생각해 봐도 팔로 4징후 수술 후유증에 이런 증상은 없다.

"당신은 이 문제를 어떻게 받아들였습니까?"

도수는 모니터에 대고 물었다.

그 질문의 끝에는 노인이 말했던 누군가의 진료기록이 놓여 있었다.

딸깍, 딸깍.

두 번 클릭하자.

"역시."

의문투성이인 소견이 눈에 들어왔다.

간략하게 요약하면 '원인을 알 수 없다'.

하지만 '수술은 할 수 있다'는 것이다.

"수술을 하겠다고?"

도수는 모니터 너머의 누군가와 대화하듯 물었다.

무모하기 짝이 없는 수술 결정만큼 이상한 점은 소견서 하단에 주치의의 이름이 지워졌다는 점이다.

이내 도수가 수술 기록을 나란히 띄웠고.

마침내 수술 결과가 모습을 드러냈다.

"......!"

도수는 눈을 치떴다.

놀랍게도, 수술 후 심장의 형태가 어느 정도 복원된 것이다.

의문의 의사가 행했던 심장 수술은 일견 바티스타 수술이나 도수가 행했던 심장 성형술과 흡사했다.

그러나 다른 점은 좌심실의 외측 자유벽을 절제하는 것이 아닌, 사방을 골고루 절제했다는 점이다.

입술이 바짝 말랐다.

"말도 안 돼."

단언컨대 이런 수술을 할 수 있는 사람은 존재하지 않는다.

'할 수 없다'고 쉽게 말할 그가 아니었다. 오히려 다른 이들이 '할 수 없다'고 말했던 수술들을 척척 해내던 그다.

그런 도수가 이번엔 '말도 안 된다'는 감탄을 듣는 게 아닌, 내뱉고 있었다.

혼란에 휩싸인 도수는 다시금 수술 후 주치의 소견을 클릭했다.

딸깍.

그러자.

'수술은 성공했고 최대한 조심하는 수밖에 없다'는 내용이 눈에 들어왔다. 여전히 주치의는 환자의 심장이 크게 부어올랐던 후유증의 원인을 밝히지 못하고 있었다. 그의 고뇌가 도수에게까지 느껴졌다.

"답답했겠군."

아마 환자의 주치의는 대략적인 생존 기간도 말해주지 못했을 터였다.

중얼거린 도수는 마지막 사진을 클릭했다. 가장 최근에 촬영된 사진.

그리고 그 결과는 참담했다.

"하!"

탄식이 나왔다.

왜 내로라하는 흉부외과의들이 이 환자의 심장에 손을 못 댔는지 알 것 같았다.

심장은 성인의 것이라고 생각하기 어려울 만큼 줄어들어 있었다.

다시 한번 드는 의문.

환자의 심장은 수술 후 왜 부어올랐으며, 절제술 후 급격하게 줄어든 걸까?

아니, 이건 작아졌다기보다 '녹아내렸다'는 표현이 적합했다.

수술 기록을 참고해 봤을 때, 수술에 의한 손상은 아니었다.

그렇다면 대체 뭐로 인한 손상이란 말인가?

도수조차 어렵다고 생각하는 수술을 해낸 무명 의사. 그리고 그 의사조차 밝혀내지 못한 심장기형의 원인.

그 모든 것이 변수였다.

"뭐가 문제인지 밝혀내야만 환자를 완치할 수 있다."

직감이었다.

사실 줄어든 심장의 기능을 어떻게 상향시킬지 그것도 답이 안 나왔다.

그러나 더 큰 문제는 '원인'이다.

원인을 밝혀내지 못하는 이상 어떻게 수술을 성공한다 해도 문제는 계속될 것이다. 무명 의사가 말도 안 되는 수술을 기적적으로 성공시켰음에도 다시 한번 환자에게 위기가 찾아온 것처럼.

"…답답하구먼."

도수는 환자를 수술했던 무명 의사가 느꼈을 고뇌를 느낄 수 있었다.

그의 앞에 놓인 과제는 두 가지.

평생 살면서 두 번 보기 힘든 케이스의 환자를 수술할 방법을 찾아야 했다. 부어오른 심장을 절제할 방법은 지금껏 연구되어 왔고, 도수의 손에 완성됐지만 녹아내린 심장 기능을 되살릴 방법은 현존하지 않는다. 그 방법을 생각해 내고 실현해야 했다.

그리고 또 하나. 수술에 성공한 후에도 환자의 심장 형태가 왜 계속 변하는 건지 원인을 찾아야 한다.

이 두 가지 과제를 해결해야만 환자를 완치시킬 길이 보일 터였다.

"산 넘어 산이군."

그렇게 중얼거리는 말과는 달리.

도수의 두 눈은 생생하게 빛나고 있었다.

*　　　　*　　　　*

그로부터 이틀 후.

천하대병원 앞에 택시 한 대가 멈춰 섰다.

그곳에서 내린 남자는 동일본대학병원의 다크호스이자 세계적으로 손꼽히는 흉부외과 분야의 권위자, 아사다 류타로였다.

"하아."

숨을 크게 들이쉬고 뱉은 그가 중얼거렸다.

"여기 있단 말이지?"

이도수.

요 근래 일본까지 들려오던 이름이다.

열아홉에 국시 패스. 레지던트, 전문의 과정을 밟기도 전에 대학병원 과장급 직책인 센터장에 오른 이례적인 소년.

그리고 수차례 희박한 성공률의 수술을 성공시킨 장본인.

이제 스물이 된 소년이 벌써 세계 의료 역사에 붓을 대기 시작하다니.

만나는 것만으로도 설레는 일이었다.

절로 홍조 띤 그가 응급실 안으로 들어섰지만 그를 알아보는 사람은 없었다.

"어떻게 오셨어요?"

처음 말을 걸어온 건 이하연이었다.

그녀를 마주 본 아사다 료타로가 일어로 대답했다.

"이도수 센터장을 보러 왔습니다."

그러면서도 두 눈은 반짝이고 있었다.

아직 미혼, 그것도 오래도록 솔로인 그에게 싱그러운 이하연의 외모는 눈길을 앗아가기 충분했다.

'천하대 간호사들은 아름답군.'

그가 이하연의 미모를 감상하는 사이.

정작 이하연은 난색을 표했다. 고등학교 때 제2외국어로 일어 수업을 듣긴 했지만 현지인과 일상적인 대화는 힘든 실정이었다. 그나마 알아들은 게 '이도수'란 세 글자다.

'심각하게 다친 데는 없는 것 같은데?'

눈으로 훑은 그녀가 말했다.

"이도수 선생님은 지금 바쁘셔서요. 어디가 아픈지 손으로 가리켜 주시면 담당 선생님을 불러 드릴게요."

보디랭귀지를 섞어서 하는 그녀.

예쁘면 뭐 하겠나? 의사소통이 불통인데.

아사다 류타로는 한숨을 푹 내쉬었다.

"난 환자가 아닌 의사입니다. 아이 엠 닥터. 마이 네임 이즈 아사다 류타로."

"아… 닥터? 아! 닥터! 의사라고요?"

류타로는 고개를 주억거렸다.

그러자 반색한 이하연이 말했다.

"잠시만 기다려 주세요."

왜 이도수를 찾는 것인지는 모른다. 어쩌면 기자가 거짓말을 하는 걸 수도 있었다. 그렇다고 해도, 도수는 연예인이 아닌 의사. 천하대 응급실에 오면 볼 수 있는 사람이었기에 그녀는 처치실에 있는 도수를 찾아갔다.

"센터장님."

몸이 근질거렸는지 직접 나와서 환자에게 드레싱을 해주던 도수가 고개를 돌렸다.

그러자 이하연이 말했다.

"자기가 의사라는 일본인이 찾아왔는데요. 이름이… 아, 그! 아사다 류타로? 아사다 류타로라고……."

"아사다 류타로?"

중얼거린 도수가 물었다.

"확실해요?"

"네. 본인이 그렇다고."

"드레싱 끝나고 가겠습니다. 제 연구실로 모셔주세요."

"아, 네!"

이하연이 처치실을 나가자.

드레싱을 마친 도수가 입을 열었다.

"오늘은 물 안 닿게 조심해 주시고요. 괜찮아지실 겁니다."

"감사합니다, 선생님."

가볍게 목례한 도수는 자리에서 일어나 연구실로 갔다. 과연 이하연의 말처럼 연구실 안에는 아사다 류타로가 기다리고 있었다.

중간 키에 머리를 단정하게 넘긴 삼십 대 미남.

저널에서나 보던 사람을 직접 보니 감회가 새로웠다.

"이도수입니다."

영어로 인사하자 류타로 역시 신기한 듯 도수를 뜯어보며 대답했다.

"아사다 류타로입니다."

두 써전은 손을 맞잡고 흔들었다.

시선이 오가고.

이내 마주 앉은 도수가 물었다.

"한국에는 무슨 일로 오셨는지."

"단도직입적이군요."

빙그레 미소 띤 아사다 류타로가 대답했다.

"닥터 리의 실력을 보고 싶어서 찾아왔습니다."

"저보다 더 직설적이신 것 같은데."

"아니라고 안 했습니다."

"……."

잠시 침묵하던 도수가 물었다.

"어떻게요? 매번 흉부외과 관련 수술이 잡히는 것도 아니고. 여기서 상주하지 않는 이상 보기 힘드실 겁니다."

"수술 있을 때 연락 주십시오."

아사다 류타로는 명함을 내밀었다.

그런데, 동일본대학 명함이 아니다.

"동일본대학 소속 아니십니까?"

"맞습니다."

"그런데 이건……."

명함에 찍혀 있는 곳. '국경 없는 의사회'다.

빙긋 웃은 아사다 류타로가 대답했다.

"전 국경 없는 의사회의 일원이기도 합니다. 사실 주된 목적은 아니지만, 약간은 공적인 용무도 있습니다. 우리 '국경 없는 의사회'의 일원으로 닥터 리를 스카우트하고 싶습니다."

아사다 류타로는 이번에도 단도직입적이었다.

'국경 없는 의사회라.'

도수 역시 이 단체의 의사들을 라크리마에서 본 적이 있다.

의료지원을 나온 그들은 전쟁터에서도 용감하고 능숙했다.

하지만 그건 그거고.

"갑작스럽군요."

"천천히 생각해 보시라는 겁니다. 그럼 바쁘신 것 같으니 전 이만 일어나 보겠습니다."

고개를 숙여 보인 아사다 류타로가 몸을 일으켰다. 도수는 그를 연구실 밖까지 배웅해 주기 위해 직접 문을 열었다.

그 순간.

도수를 찾아온 한 사람과 맞닥뜨렸다.

"이도수 센터장님이시죠?"

그렇게 묻는 그.

건장한 체격 위로 셔츠를 걸친 엄승진이었다. 도수를 보던 그는 함께 있는 아사다 류타로를 발견하곤 묘한 표정을 지었다.

　"…두 분이 같이 있는 걸 보게 될 줄은 몰랐는데."

　그가 일본어로 말을 이었다.

　"아사다 선생, 오랜만입니다."

　팽팽한 긴장감이 흘렀다.

　굳은 표정의 아사다 류타로가 입을 뗐다.

　"미스터 엄."

　"알아보시는군."

　한국어로 중얼거리며 피식 웃은 엄승진이 도수에게 시선을 옮겼다.

　"얘길 좀 나누고 싶은데요."

　도수가 고개를 끄덕였다.

　"들어오세요."

　그가 뒤돌아서 들어가자.

　엄승진은 아사다 류타로의 곁을 지나치며 속삭였다.

　"또 봅시다."

　그에 류타로의 안색이 붉어졌다.

　'젠장.'

　설마 이곳에서 엄승진을 만나게 될 줄은 몰랐다. 그와 엄승진의 인연은 2년 전 시작됐다. 엄승진이 자신의 의료기록을 보냈고, 류타로는 자신이 그를 치료해 주겠노라 약속했다. 방법을 찾으면서 일 년이 넘는 시간을 지체한 끝에 얻은 결론은, '불가능하다'는 것.

결국 아사다 류타로는 엄승진에게 수술할 수 없다는 대답을 보냈다.

그의 대답만 기다리고 있던 엄승진은 불같이 화를 냈다. 이럴 거면서 왜 약속을 했느냐고, 왜 희망을 품게 했느냐며 따져 물었다.

그러나 아사다 류타로는 할 말이 없었다. 미안하다는 말밖에는.

그리고 지금, 두 사람이 이곳 천하대병원에서 맞닥뜨린 것이다.

"미안합니다."

허공에 한마디를 남긴 아사다 류타로는 다시 걸음을 옮겼다.

*　　　*　　　*

"할아버지가 그러시더군요. 당신이라면 날 살려줄 수 있을 거라고."

엄승진이 앉자마자 꺼낸 말이었다.

도수는 대답하지 않고 그를 응시했다. 그 속에 맺힌 회의감,

대상 없는 분노, 절망감과 좌절이 보였다. 도수는 비단 인체를 들여다보는 데에만 투시력을 쓰는 것이 아니었다. 그건 초능력이었지만, 절망의 끝에 자리 잡은 지옥, 라크리마에서 살아왔던 경험들은 그에게 감정을 읽는 능력을 주었다.

그리고 그에 대처하는 능력도.

이내, 도수가 입을 열었다.

"…가능성을 찾긴 했습니다."

"가능성을 찾았다고요?"

도수가 고개를 끄덕이자.

엄승진이 입꼬리를 올렸다.

"대부분의 유능한 의사들이 말했습니다. 내 병은 원인도, 치료법도 없다고. 그리고 몇몇 선생님들은 그랬죠. 고칠 수 있다고. 근데 두 부류의 공통점이 뭔 줄 아십니까? 결국 내 병을 고치지 못했단 겁니다."

단단히 뒤틀려 있었다.

그럴 수밖에 없으리라.

답 없는 질환을 마주했을 때 의사가 느끼는 답답함은 그 병을 가진 환자가 느끼는 답답함의 백분의 일도 되지 못한다.

엄승진의 가슴속은 타들어가다 못해 재만 남았을 터였다.

"……"

도수가 말이 없자 엄승진이 다시 말했다.

"물론 저도 처음엔 믿었습니다. 하지만 매번 결과는 나빴죠. 이게 반복되다 보니 아무도 믿지 못하겠더군요. 자기 발로 찾아온 환자가 이런 말을 하니 선생님께서도 황당하시겠지만 이해해 주십시오. 제 부탁은 하나입니다."

"말씀하세요."

"확신하지 못하겠지만, 확신하지 못하신다면 할아버지께 대신 좀 말씀해 주십시오. '방법을 찾지 못했다'고 말입니다."

"……."

"그리고 앞으로도 희망은 없을 거란 말도요. 저는 수없이 말씀드렸지만 할아버지는 포기하지 못하셨습니다. 하지만 할아버지가 인정하시는 선생님이 말씀하신다면 받아들이실 거예요."

물론 그 부탁을 들어줄 필요는 없었다.

태도도 마음에 들지 않았다.

그러나 도수에게 중요한 건 그런 것들이 아니었다. 어차피 아픈 사람의 마음은 본인밖에 모른다. 어떤 감정의 발로인지 이해하려 들 필요 없었다. 그저 의사는 의사로서 환자를 대하면 된다.

도수의 입이 열렸다.

"전 사실만 얘기합니다. 가능성을 봤고, 할아버님께도 그렇게 말씀드릴 겁니다."

"가능성이요?"

엄숭진이 헛웃음을 터뜨렸다.

"제 심장이 고장 난 걸 안 건 태어나자마자입니다. 수술을 받고 약을 처방받았죠. 분명 수술은 성공했다고 했습니다. 그런데 몇 년 후 검사를 해보니 심장이 부어올라서 곧 죽게 생겼다고 하더군요. 그때 또다시 의사 한 분을 만나서 수술을 받았습니다. 얼마 전까지 그분을 은인처럼 생각했죠. 하지만 수술이 성공했다더니, 부어올랐던 심장은 이젠 손도 못 대게 쪼그라들었습니다. 이제는 수술하겠다는 의사도 없더군요. 하하하하."

"그 얘긴 들었습니다. 기록도 봤고요."

도수는 담담하게 말을 이었다.

"그분들 말은 거짓이 아닙니다. 첫 수술도, 두 번째 수술도 성공이었어요. 문제는 수술이 아닙니다."

"뭐요?"

엄승진이 얼굴을 붉혔다.

"그럼 뭐가 문젭니까?"

"이제부터 알아봐야죠."

"선생님은 태연하시군요."

엄승진이 비꼬듯 뒤틀린 입매로 자조적인 미소를 보였다.

"하지만 전 제 일입니다. 내 인생에서 만난 의사들은 모두 날 잠깐 행복하게 해주고 더 크게 악화시켰어요."

"수술을 받지 않았다면 지금까지 생존하지 못하셨을 수도 있습니다."

"차라리 그랬다면 희망을 품진 않았겠죠."

"······."

"희망 고문이란 말을 아십니까?"

"들어봤습니다."

"전 늘 희망 고문을 당했습니다. 그러니 이번에는 고문당하기 싫다는 겁니다. 그 정도 권리는 있잖아요?"

엄승진 입장에서.

목숨이 달린 질환이 그를 괴롭히며 의사의 입을 통해 감정을 들었다 놨다 했을 것이다.

충분히 지쳤을 수 있고, 무너졌을 수 있다.

그러나 도수는 그대로 둘 수 없었다.

"수술을 거부한다면 전 수술하지 못합니다. 하지만 의사로서 조언한다면, 포기하지 마세요."

"······."

엄승진은 한참 동안 천장을 올려다보고 있었다.

도수는 말없이 기다렸다. 더 이상 '가능성'에 대한 이야기도, 수술을 권하는 말도 하지 않았다. 그는 엄승진의 말이 아닌 엄승진의 입장이 되어 느낄 수 있었다. 엄승진이 결코 '가능성'을 버릴 수 없음을.

일 퍼센트의 가능성이라도, 그는 매달리고 싶을 것이다. 그게 바로 엄승진의 진심일 터다.

도수가 말이 없자 엄승진이 먼저 물어왔다.

"가능성은… 얼마나 되는 겁니까?"

도수는 솔직히 대답했다.

"아직 알 수 없습니다."

"그 가능성이라는 거, 진짜 있는 겁니까?"

"있습니다."

고개를 끄덕이는 도수.

그는 투시력을 썼다.

샤아아아아아아아아.

엄승진의 심장이 뛰고 있는 게 보였다.

두근… 두근… 두근…….

좁은 심실.

부족한 근육.

오래 버티지 못할 것이다.

도수가 말했다.

"…다만 이대로 두면 언제 심장이 멈출지 모릅니다. 수술은 빠르면 빠를수록 좋습니다. 빨리 한다고 성공률이 늘어나는 건 아닙니다만, 빨리 해야 살 수 있습니다."

"차라리 성공률이 늘어난다고 하면 덜 절망적일 텐데."

다시금 자조적인 미소를 짓는 엄승진.

그가 자리에서 일어나며 말했다.

"할아버지에게 얼굴을 비치기도 전에 선생님을 만나러 왔습니다. 할아버지를 좀 뵙고 오겠습니다. 대답은 그 후에 드리죠. 설마 그동안 제 심장이 멈추진 않겠죠?"

도수는 확답하는 대신 말했다.

"최대한 빨리 대답해 주십시오."

그러고는 명함을 건넸다.

열 마디 말보다 그 행동 하나가 엄승진의 가슴을 파고들었다.

차라리 예약을 잡으라거나 직접 와서 대답해 달라고 했다면 덜 급해 보였을 텐데.

명함을 건네는 이유는 상황이 급하니 전화로라도 대답을 달라는 뜻이다.

명함을 받은 엄승진이 말했다.

"알겠습니다."

몸을 돌린 그는 문고리를 비틀고 나가려다 말고 뒤에 대고 덧붙였다.

"오면서 선생님이 이룬 성과를 찾아봤습니다. 대단하시더군요. 제 얘기를 잠자코 듣고 계시는 것도 다른 선생님들과 달라서 이상했습니다. 무례를 범해서… 실례했습니다."

"아닙니다."

철컥.

엄승진은 문을 열고 나갔다.

뒤에 남은 도수는 가슴에 붙어 있는 포켓에서 종이 한 장을 꺼냈다.

엄승진의 심장 수술에 들어갈 수술 팀 명단이었다.

"후."

바뀌야 했다.

흉부외과 과장 김한철을 포함한 심장 수술의 실력자들로.

투시력으로 직접 본 엄승진의 심장은, 생각보다 더 작고 손상이 가 있었다.

하지만 흉부외과 과장이 이런 수술을 도울까?

적어도 도수가 그간 봐왔던 대학병원에 실패를 감수하고 성공 확률이 극악한 수술을 하려고 드는 의사는 없었다. 오랜 의사 경력으로 커리어를 쌓아온 권위자들일수록 더했다.

그러나 이런 이유로 살아날 가능성이 눈곱만큼이라도 있는 환자가 죽어가는 걸 두고 볼 수는 없었다.

'설득해야 한다.'

도수는 자리에서 일어났다.

그리고 흉부외과로 직행했다.

'재실' 표시가 되어 있는 흉부외과 과장의 연구실 문을 열고 들어가자 수술복도 미처 벗지 않은 흉부외과 과장 김한철이 보였다.

도수를 발견한 그가 물었다.

"노크도 않는구먼."

"……"

너무 마음이 앞섰던 탓이다.

흉부외과 과장이 그런 도수를 대놓고 비꼬았다.

"위세가 대단해서 그런가?"

"아닙니다."

고개를 저어 간단히 물리친 도수가 곧장 본론을 꺼냈다.

"힘든 흉부외과 수술이 있습니다."

"그래서?"

김한철은 피식 웃었다.

"심장 성형술은 정말 대단했어. 나도 감탄했다니까. 그 수술 실력으로 해결하면 될 일 아닌가?"

사실 김한철은 도수와 딱히 앙금이 있진 않았다. 심장 성형술 대상자였던 오성그룹 임옥순 여사를 수술했을 때까지만 해도 배가 아팠지만 실력만은 인정했다. 그럼에도 그가 지금처럼 팅기는 건, 도수를 배척하는 신경외과 과장, 외과 과장과 한 라인이었기 때문이다.

물론 도수는 그런 눈치는 없었다. 알았어도 굳이 눈치를 보려 하지 않았을 테지만.

"혼자선 불가능합니다."

"센터장이 그렇게 얘기할 정도라니. 무조건 피해야 할 수술이로군."

"……."

도수가 말이 없자 그가 물었다.

"무슨 수술인데?"

내심 마음 한구석에는 궁금증과 욕심이 있었다. 임옥순 여사는 놓쳤지만 커리어에 도움 될 만한 다른 큰 수술을 할 수 있다면, 이번에는 꼭 흉부외과로 트랜스퍼 시킬 작정이었던 것이다.

이내 도수가 대답했다.

"축소된 심장의 활동력을 상향시키는 수술입니다. 심실 재건술 정도로 생각하시면 됩니다."

"뭐?"

김한철은 어처구니가 없었다.

축소된 심장의 활동력을 상향시킨다.

말이 쉽지, 심실을 다시 만든다는 말이나 다름없다.

'미친놈.'

심실 재건술.

이름 한번 잘 짓는다.

그런데 이게 칭찬하고 감탄할 수만은 없는 문제였다.

현실적으로 불가능하기 때문이다.

'심장 성형을 하다니 심장이 무슨 모형이라도 되는 줄 아는 건가?'

그런 의심이 들 지경이었다.

잠깐이라도 도수가 커리어에 도움 될 만한 수술을 제안할 거라 생각한 자신이 멍청하게 느껴졌다.

"듣도 보도 못한 수술인데."

슬슬 거절을 준비하는 김한철 과장.

도수가 말했다.

"지난 준비 기간 동안 방법을 생각해 뒀습니다. 하지만 아시다시피 검증되지 않은 수술이기에 성공을 위해선 최고의 의료진이 필요합니다."

'최고'라는 말에 으쓱했지만 그 한마디에 현혹될 김한철 과장이 아니었다. 대학병원에서 잔뼈가 굵은 그. 매일같이 그를 우러러보는 레지던트들과 인턴들, 학생들 틈에서 살아가는 그였다.

칭찬에 대한 내성은 정점을 찍었단 뜻이다.

"미안하지만 우리 흉부외과에선 그런 무리한 수술을 진행하지 않아. 센터장도 임옥순 여사 수술 때 봐서 알겠지만 우린 환자 목숨을 걸고 도박을 하지 않네."

"수술하지 않으면 환자에게 희망은 없습니다."

"그럼 남은 생을 최대한 행복하게 정리하는 쪽으로 방향성을 잡아야지."

"인간은 죽기 직전까지 살려고 합니다. 그건 본능이죠."

"내려놓는 환자들도 많아."

"선택의 여지가 없기 때문에. 아닙니까?"

"……."

고개를 저은 김한철 과장은 더 말을 섞기 싫은 듯 대답했다.

"됐고. 아무튼 이 수술은 참여할 수 없네."

"후회하실 겁니다."

도수가 덧붙였다.

"저번처럼."

"뭐?"

언성을 높이는 김한철 과장을 등진 도수는 문을 열고 나섰다. 어떤 수술인지 구체적으로 들어보지도 않고 수술을 거부하는 사람을 데리고 들어가 봐야 그가 아무리 실력자라 해도 방해만 될 뿐이다.

그럴 바에는 성공률이 다소 낮은 상태로 진행하더라도 믿고 따라와 줄 의료진이 필요했다.

철컥.

문을 닫자.

도수는 한숨이 나왔다.

"후."

괜스레 몸이 으스스했다.

쌀쌀한 바람을 맞고 있는 느낌.

혹은 거대한 폭풍우를 홀로 기다리고 있는 기분.

두려움일까?

아니면 외로움?

'…많이 나약해졌어.'

한국 생활, 병원 생활이 길어지다 보니 라크리마처럼 지독하게 싸워가며 살아남던 삶과 어느새 거리가 멀어졌다. 그땐 지치고 힘들 여유마저 없었다면 지금은 앞을 볼 여유가 생겼다.

"환자에게는 여유가 없는데."

어찌 의사라고 여유가 있겠는가?

해보는 데까지 닥치는 대로 해보는 거다.

매번 도수가 하는 '최선을 다하겠다'는 말은 목숨을 걸겠다는 의미였다.

다시 한번 마음을 단단히 먹은 도수는 걸음을 옮겼다. 함께 수술할 의료진을 구하려면 한시가 급했다.

제3장
급행열차

흉부외과 과장을 설득하는 데 실패한 이상, 천하대 흉부외과 소속 의사들의 지원을 포기해야 했다.

심장 수술에 특화된 흉부외과가 아니라면 어떤 과든 응급의학과보다 썩 낫다고 볼 수 없었다.

그래서 도수는 마취과를 찾았다.

똑똑.

노크를 하자 안에서 익숙한 음성이 들려왔다.

"들어오세요."

끼이익.

마취과 교수 정현진의 연구실 문을 열고 들어선 도수가 인사를 건넸다.

"안녕하세요."

"센터장님."

정현진이 자리에서 일어나 그를 반겨주었다.

"여기까지 무슨 일이십니까? 호출하셨으면 제가 갔을 텐데요."

지난 몇 차례, 수술을 함께한 그는 도수에 대한 존경심을 숨기지 않았다.

도수가 대답했다.

"부탁할 게 있어서 왔습니다."

"뭐든 말씀하십시오."

"곧 저희 과에서 심장 수술이 있을 예정입니다."

"심장 수술이요?"

정현진이 눈을 반짝이며 되물었다.

"언제입니까? 시간 비워놓겠습니다."

"어떤 수술인지 아직 말 안 했는데."

"어떤 수술이든 센터장님 수술이면 무조건 들어가야죠."

도수는 '왜?'라고 묻지 않았다.

대신 미소 지으며 목례했다.

"감사합니다."

"별말씀을……."

"아직 날짜나 시간은 정해지지 않았습니다. 환자 측에서 연락을 줘야 해서요. 언제가 됐든 응급으로 들어갈 생각입니다."

"시간을 조율하기 힘들겠군요."

"그래서 사전에 부탁을 드리는 겁니다."

눈치 빠른 정현진은 무슨 뜻인지 바로 알아들었다.

"알겠습니다. 언제라도 저 대신 들어갈 친구를 구해놓겠습니다. 저는 센터장님 수술에 들어가야 하니까요. 맞죠?"

"정확합니다."

두 사람은 서로 미소를 주고받았다.

이내, 정현진이 물었다.

"한데 대체 어떤 수술이기에 센터장님이 직접 나서서 수술 팀을 꾸리시는 겁니까?"

궁금하지 않을 수 없었다.

도수는 초고난도 수술을 여러 번 해왔다. 그럼에도 직접 팀원을 꾸린 적은 없었던 것이다. 누가 함께 들어가든 훌륭하게 집도를 했기 때문이다.

도수가 입을 열었다.

"이번에도 새로운 수술입니다. 심실 재건술이요."

"심실 재건술……?"

처음 듣는 수술 이름에 정현진이 갸웃하자.

도수가 고개를 끄덕였다.

"말 그대로 심실을 재건하는 겁니다. 다리근육으로 심 기능을 보강하는 거죠."

"그게 가능합니까?"

"출혈이 심할 겁니다."

그 한마디로 뛰어난 마취과의의 필요성이 드러났다. 출혈이
심하다는 뜻은 환자가 수술 중 안정을 잃거나 사망할 확률이
크다는 뜻이다.

"이런."

정현진이 침음을 삼키고 물었다.

"잘 그려지진 않지만 엄청나게 복잡한 수술이 되겠군요."

"수술 시간은 길지 않을 겁니다. 문제는 출혈이겠죠."

다시 한번 출혈을 강조한다.

"짧고 굵은 수술이 될 겁니다."

도수가 덧붙이자.

정현진은 동시에 두 가지 감정이 솟구쳤다. 두려움, 그리고
흥분.

"후! 기다리고 있겠습니다."

"감사합니다."

다시 한번 목례한 도수는 정현진의 연구실을 나서려 했다.
그때, 정현진이 그의 발목을 잡았다.

"식전이시면 식사라도 함께하시는 게 어떠십니까?"

"다음에요."

고개를 돌린 도수가 말을 이었다.

"어려운 수술을 앞둔지라 좀처럼 시간이 나지 않습니다. 재

건술이 끝나거든 그때 식사하시죠."

"센터장님을 보면 항상 긴장 상태인 게 느껴집니다. 주제넘을지 몰라도, 나이다운 쉼도 필요하진 않을까… 그런 생각도 합니다."

"걱정해 주셔서 감사합니다."

"오지랖 좀 부려본 것뿐이니 너무 괘념치 마십시오."

"예, 그럼."

살짝 고개를 숙여 보인 도수는 문을 열고 나섰다. 몸은 자리를 떠나왔지만 정현진의 '항상 긴장 상태인 것처럼 보인다'는 말 한마디가 마음에 걸렸다.

'휴식?'

두 글자를 떠올린 도수는 피식 웃었다. 끊임없이 환자가 밀려들고 매일같이 수술이 잡힌다. 지금 당장에도 수술을 준비하고 있지 않은가?

이런 환경을 원해서 응급실로 왔다.

후회는 없었다.

이런저런 생각을 하는 사이, 그는 김광석의 연구실 앞에 도착했다.

똑똑.

문을 두드리고 들어가자 김광석이 일을 보고 있었다. 그는 레지던트 강미소와 함께였다.

"센터장님?"

강미소가 알은체를 했다.

그녀 역시 도수와 여러 번 수술을 들어간 경험이 있는 훌륭한 레지던트였다.

번거롭게 몇 번 걸음 할 필요가 없어 잘됐다고 여긴 도수가 입을 뗐다.

"곧 수술이 잡힐 예정입니다."

고개를 끄덕인 김광석이 물었다.

"어떤 수술이지?"

"심실 재건술이요."

"심실 재건술이라."

이름만으로 어떤 수술일지 유추한 김광석이 말했다.

"다양한 수술들을 하는군. 학회에 발표할 수술들은 점점 늘고 있는데 정작 발표할 시간이 안 나니."

"환자 심장 상태가 심각합니다."

"센터장이 그렇게 말할 정도인가?"

"네. 어려운 수술이 될 겁니다."

도수는 전에 없이 초조해 보였다.

그를 응시하던 김광석이 고개를 끄덕였다.

"조근현 교수한테는 내가 말해두지."

"감사합니다."

"흉부외과에선?"

"거절했습니다."

"비겁한 인사들 같으니."

중얼거린 김광석이 강미소를 일별하곤 물었다.

"강 선생도 함께 들어갈 건가?"

"예."

그에 강 미소가 주먹을 움켜쥐었다.

'예스!'라고 어렴풋한 환호가 들려왔다.

입꼬리를 말아 올린 도수가 다시 몸을 돌리며 말했다.

"강 선생은 이시원 선생한테도 말씀해 주세요. 제가 호출하면 적혈구 가용 가능한 최대치로 준비해 주시고, 혹시 모르니 심폐기 기사도 대기시켜 주시고요."

굳이 미리 얘기하는 이유는 수술 들어갈 당시 상황이 어떨지 몰라서였다.

그 말만으로도 얼마나 큰 수술일지 짐작이 간 강미소가 굳은 얼굴로 고개를 주억거렸다.

"네. 확실히 준비해 둘게요."

수술 팀을 마저 꾸린 도수는 김광석 교수의 연구실을 나섰다. 결국 마취과 실력자 한 명과 나머지는 전원 다 센터 인력으로 구성됐다. 그들은 매번 비협조적인 외과 분야 분과들 사이에서 싸우고 있었다.

천하대 이사장이 실현시킨 파격 인사에는 이렇듯 부작용이 있었다. 대학병원의 질서 구조로부터 자유로운 '독립적 권한'에는 빛과 그늘의 양면이 있는 것이다.

이러한 정치적 이해관계는 대학병원에서 근무하는 누구라도 스트레스를 느낄 만한 부분이었지만.

도수는 크게 영향받지 않았다.

'시간이 해결해 주겠지.'

그는 간단히 생각했다.

물론 이 문제로 환자를 케어하는 데 백 퍼센트의 효율을 발휘하지 못하고 있었다. 그렇다 해도 매번 대안을 생각해 내가며 상황에 맞게 대응하고 있는 상황.

여기서 더 서두른다고 해결되지 않는다는 것이 도수의 견해였다.

*   *   *

설령 도수가 병원 내 정치적인 문제로 스트레스를 받고 있었다 해도.

상황이 그를 내버려 두지 않았다.

반나절이 지나기도 전에 호출기가 울린 것이다.

삐비빅. 삐비빅.

미간을 찌푸린 도수가 걸음을 재촉했다.

타타타탓!

엘리베이터에 거의 도착한 순간.

병원 내 방송이 잇따랐다.

―이도수 센터장님, 씨로젯(C Rosette: C수술실), 이도수 센터장님, 씨로젯.

'벌써……'

벌써 환자가 수술실로 올라갔다는 뜻이다. 방송까지 하면서 수술실 이름만 던지는 것만 봐도 얼마나 급박한 상황인지 알 수 있었다.

땡.

드르르르륵.

엘리베이터 문이 열리자 조근현 교수가 보였다.

"어떻게 된 겁니까?"

도수가 타며 묻자.

조근현이 대답했다.

"한 환자가 흉통을 호소하며 찾아왔습니다. 김 교수가 검사도 없이 강 선생, 이 선생한테 환자를 수술실로 올리라고 지시했고요."

"환자 이름은요?"

"엄승진 환자. 이십육 세입니다."

도수는 고개를 끄덕였다.

그 역시 이렇게까지 급작스러운 상황을 예견한 건 아니었지만.

이렇게 된 이상 김광석의 판단은 정확했다.

엄승진은 천천히 검사받고 진단받을 정도로 여유로운 환자가 아니었던 것이다.

이런 내막을 모르는 조근현 교수가 물었다.

"이게 다 무슨 일입니까?"

도수가 되물었다.

"김 교수님께 들으셨죠? 심실 재건술 환자 수술에 들어오셔야 한다고."

"들었습니다."

대답한 조근현이 눈을 크게 떴다.

"그럼 그 환자가……?"

"맞습니다."

"응급실을 애들한테 맡겨도 괜찮겠습니까?"

"김용찬 선생 듀티(Duty: 근무)죠?"

"네."

"그럼 됐습니다. 급한 경우에는 다른 과 당직 선생님들 계시니까."

"알겠습니다."

두 사람이 대화를 나누는 사이.

엘리베이터가 수술실이 위치한 층에 멈춰 섰다.

띵.

두 사람은 내려서 곧바로 수술 준비를 했다. 수술복을 입고 손을 소독한 뒤 수술실 안으로 향했다.

드르륵.

문이 열리며 수술실 안의 정경이 눈에 들어왔다.

김광석이 고개를 돌리며 말했다.

"정현진 선생 호출해 뒀습니다. 곧 올 겁니다."

"정 선생 오는 대로 바로 시작하죠."

잠시 후.

급한 대로 환자를 재워서 들어온 마취과의와 정현진이 교
대했다. 정현진은 바이털 체크를 하며 팀원들에게 말했다.

"시작하셔도 됩니다."

고개를 끄덕인 도수가 환자의 왼편에 서서 손을 내밀었다.

"칼."

턱.

강미소가 메스를 건네자.

도수가 피부를 절개했다.

스으으으윽.

피가 질질 샜다.

"톱."

턱.

전동 톱을 받은 도수는 톱날을 환자의 뼈로 가져갔다.

지이이이잉.

드드드드드드!

뼈가 잘려 나가며 비명을 토했다.

그 와중에도 도수는 침착하게 말했다.

"오늘 우리가 할 수술은 두덩정강근을 이용해 심실을 재건하는 수술입니다. 립 스프레더(Rib Spreader: 개흉기)."

개흉기로 환자의 흉부를 열자.

도수가 다시 손을 내밀었다.

"보비."

턱.

치이이이이익.

심막이 타들어갔다.

심장을 보호하고 있던 막이 잘려 나가자, 기괴한 형태의 심장이 뛰고 있는 게 보였다.

"헉!"

"심장 모양이……."

의료진들이 침음을 삼켰다.

심장이 이 모양이 돼선 어떻게 아직 생존하고 있는지 신기할 지경이었다.

"정말 녹아내렸군."

김광석이 신음하듯 중얼거렸다.

어디서부터 어떻게 손대야 할지 떠오르지 않을 정도로 심장이 손상되어 있었다.

그렇다고 '일단 손대가며 살펴보자'는 안일한 생각을 할 수도 없었다.

단숨에 블리딩(Bleeding: 출혈)이 시작되며 사망에 이를 수 있기 때문이다.

그러나 정작 도수는 수술 전 미리 생각해 둔 수술 과정을 떠올렸다.

"칼."

틱.

메스를 받은 도수는 환자의 심장을 노려봤다.

샤아아아아아아아.

투시력이 발휘되며 심장의 내부가 선명하게 눈에 들어왔다. 수축과 이완을 반복하고 있는 근육, 그 근육을 이루고 있는 근섬유 가닥가닥. 크고 작은 혈관들 하나하나까지.

"심실 절개하겠습니다. 김 교수님은 두덩정강근 절제 준비해 주세요."

김광석이 고개를 끄덕이고 환자의 다리 바깥쪽에 가서 섰다.

도수가 덧붙였다.

"시간이 생명입니다. 출혈은 최소화해야 돼요. 제가 칼을 대는 순간 김 교수님도 두덩정강근 절제 들어가 주세요. 이시원 선생은 김 교수님 옆에 딱 붙어서 근육 절제 끝나면 지혈 들어가고요."

두덩정강근은 떼어내도 다른 근육들이 운동기능을 대체할

수 있는 근육이었다. 따라서 화상이나 외상을 입어 근육이 손상됐을 경우 이 두덩정강근을 이식하곤 한다.

물론 그렇다고 해도 어디까지나 표면적인 부위들에 쓰인다는 것이지, 심장에 쓰이는 근육은 아니었다.

애초에 심장에 일반 근육을 연결한다는 자체가 무리한 발상이었다.

심장은 평생 멈추지 않고 뛰기 때문에 특수한 근육으로 이루어져 있고, 다른 근육으로 대체할 수 없기 때문이다.

그럼에도 도수는 두덩정강근으로 심장근육의 기능을 상향시킨다고 했다.

충분히 의문이 있을 수 있는 일이었지만 이 자리에 있는 이들은 모두 도수에게 절대적인 믿음을 가진 이들.

김광석도, 이시원도 토를 달지 않고 수긍했다.

"예."

"알겠습니다!"

두 사람이 대답하자.

마침내 도수는 심실로 칼날을 가져갔다.

"피 많이 나요."

끄덕.

의료진들과 정현진이 고개를 끄덕였다. 특히 환자의 바이털을 관리하고 있는 정현진의 긴장감은 극한까지 고조되어 있었다.

수술실을 팽팽하게 메우고 있는 긴장감.

눈에는 보이지 않았지만 피부가 따끔거리는 착각이 들 만큼 숨이 막혔다.

"절개."

도수가 날카로운 칼끝으로 환자의 심실에 흠집을 냈다.

틱.

촤아아악.

피가 새어 나오기 시작했다.

"블리딩!"

삐. 삐. 삐. 삐.

"혈압 떨어집니다!"

"피 짜요!"

혼란스러운 와중에.

도수가 외쳤다.

"거즈!"

일 초, 이 초, 삼 초⋯⋯.

지금도 시간이 흐르고 있었다.

마침내 환자는 죽음을 향해 내달리는 급행열차를 탄 셈이다.

제4장

심실 재건술

　천국행인지 지옥행인지 모를 급행열차는 이 순간에도 빠르게 달리고 있었다.

　김광석이 벼락처럼 외쳤다.

　"뭐 해? 패드로 감싸!"

　이시원이 패드를 덧대며 출혈을 막았다.

　김광석은 절제한 두덩정강근을 들고 도수의 옆으로 움직였다.

　그사이 도수의 칼은 심실을 가르고 있었다.

　서걱, 석.

　끔찍한 소리가 났다.

출혈은 계속됐다.

정현진이 외쳤다.

"혈압 계속 떨어집니다!"

땀이 흐를 정도로 피를 짜내도 들어가는 양은 한계가 있었다.

빠지는 피가 더 많은 것이다.

콸콸콸.

누수되듯 흐른 피가 강물처럼 고였다.

"석션."

도수의 말에 조근현이 석션을 실시했다.

시이이이이익.

핏물을 빨아들이는 데에 한계가 있었다.

"거즈!"

강미소에게 받은 거즈를 쑤셔 넣고 피를 빨아들였다. 거즈는 순식간에 붉게 물들며 덩어리가 됐다. 도수는 질게 뭉친 거즈를 내던졌다.

철퍽!

수술실 바닥에 패대기쳐지는 거즈 뭉치.

"절제 들어갑니다."

도수는 메스를 놀렸다.

보비로도 출혈을 막을 수 없다면 메스로 빠르게 처리하는 게 최선이었다.

근육을 실로 꿰맨다고 해서 팔딱팔딱 뛰는 것이 아니다.

근육이 제 역할을 다해 심장을 뛰게 하려면 혈관과 근육을 알맞게 연결해 줘야 했다.

미리 연구하고 연습했던 과정이지만.

지금 도수에게는 연습 때완 달리 시간이 없었다.

환자에게 주어진 시간은 길어야 몇 분.

지걱, 지걱.

빠르게 절제를 시행한 도수가 말했다.

"근육 주세요."

벌써?

그런 표정들이다.

메스를 가슴 속으로 쑤시고 얼마 되지 않아 도수가 근육을 달라고 손을 내밀었기 때문이다.

그러나 김광석은 당황하지 않고 자신이 떼어낸 두덩정강근을 건넸다.

근육을 받아 든 도수는 심실 안으로 쑤셔 넣고 말했다.

"타이."

기다렸다는 듯 봉합침과 봉합사를 건네는 강미소.

도수의 투시력이 한층 강력해졌다.

샤아아아아아아.

단순히 근육을 늘린다고 해서 문제가 해결되는 것이 아니었기에, 도수는 두덩정강근을 연결하기 시작했다.

슥, 스윽.

죽음을 향해 쏜살같이 달리는 급행열차보다 빨라야 한다. 환자가 생명의 불꽃이 꺼지는 것보다 빠르게 손을 놀려야 했다.

스윽······.

도수의 관자놀이를 타고 땀방울이 흘러내렸다.

그 옆에 찰싹 붙은 이하연이 땀을 닦아주며 큰 눈으로 눈길을 보냈다.

'제발······.'

물론 도수는 그 시선을 의식하지 못했다. 지금 그가 집중하고 있는 것. 코앞에 산적한 문제만 해도 환자에게는 치명적인 것들이었다.

일단 다리근육이 심장근육을 대체하기 위해선 원래 심장근육의 힘을 받아야 한다. 그러려면 근육과 근육을 완벽히 연결해 줘야 하는데, 이를 위해선 근섬유 수축 방향을 동일하게 연결해야 했다.

이것만 해도 투시력이 없는 일반인은 불가능한 일이었다. 근육이야 눈에 보이지만 근섬유 수축 방향에 맞게 근섬유와 근섬유를 가닥가닥 연결하는 건 불가능했기 때문이다.

그러나 도수에게는 투시력이 있었다.

샤아아아아아아.

수축과 이완을 반복하는 환자의 심장이 보였고. 그 심장을 구성하고 있는 근육. 더 세분화된 근섬유의 움직임까지 선명히 눈에 들어오고 있었다.

도수가 봉합침을 가져다 댄 순간.

여기서 또 하나의 문제가 발생했다.

심장 전체에 걸쳐 뻗어 있는 혈관들.

이 혈관들이 수술 후에도 제 역할을 할 수 있도록 알맞게 이어주어야 한다.

도수가 담낭암 수술 당시 직장 수술에서 보여준 기술이 다시 빛을 발했다.

슥, 스윽.

말도 안 되는 기술이 직장을 넘어 심장에서 다시 한번 펼쳐지고 있는 것이다.

뒤엉킨 혈관과 근육들을 이어주는 도수.

모든 혈관과 근육들을 연결해 손상되기 전의 정상치만큼 혈액 공급량과 근육 밀도를 회복하게 된다면 나머지는 기존에 심장을 뛰게 하고 혈액을 공급하던 심근과 동맥, 정맥이 앞장서서 길잡이 역할을 해줄 터였다.

그러나.

아무리 유능한 써전이라도 할 수 없는 수술을 계획하고 실행에 옮긴 그에게는 아직도 가장 치명적인 마지막 난제가 기다리고 있었다.

그것은 바로 시간.

이런 방식의 수술은 이전에도 없었기에 환자가 얼마나 버텨 줄 수 있을지 대략적인 골든아워조차 존재하지 않았다.

그렇다면.

'무조건 빠르게.'

또한 정교해야 했다.

도수는 투시력을 극한까지 끌어올렸다.

샤아아아아아아…….

쏟고 있는 투시력만큼.

체력의 소모도 빨라졌다.

주르륵.

다시 땀방울이 흘러내리고.

이하연이 땀을 닦아주었다. 그녀는 비록 말하지 않았지만 내심 불안했다.

'괜찮을까?'

도수는 그야말로 땀을 비 오듯 쏟아내고 있었다.

다른 이들은 미처 눈치채지 못했어도 바로 옆에서 땀을 닦아주는 이하연은 똑똑히 보고 있었다.

그 순간.

비교적 큰 혈관과 근육들을 벌써 이었는지, 도수가 입을 열었다.

"현미경."

"예?"

"현미경 줘요."

"아……!"

이하연이 움직이려는 찰나 강미소가 현미경을 건넸다. 그걸 받은 이하연이 도수에게 현미경을 씌워주었다.

손에서 손으로.

팀원들을 굳이 말하지 않아도 손발이 척척 맞아 들어가고 있었다.

현미경을 통해 자잘한 혈관을 확인한 도수가 입을 열었다.

"칼."

다시금 그의 손에 실과 바늘 대신 칼자루가 들어왔다.

"거즈로 피 빼주세요."

고개를 끄덕인 조근현이 도수가 하던 흡인 작업을 대신했다.

철퍽! 철퍽…….

핏물을 게워내자.

도수가 재차 손을 집어넣었다.

"이제부터 석션 합니다."

시이이이이이익.

조근현이 석션호스를 대며 도수의 메스가 지나는 출혈점에서 발생한 출혈을 빨아들였다.

도수는 자잘한 혈관들을 세공하듯 잘라낸 뒤 메스를 반납했다.

"클램프, 타이."

다시금 기묘하고 정교한 손놀림이 펼쳐졌다.

슥, 스윽.

육안으로 보기도 힘든 혈관들을 일일이 봉합하는 그.

잘라내는 것만 해도 출혈로 '혈관을 자르고 있구나'라고 알아챌 지경이었는데, 실과 바늘로 봉합까지 하고 있었다.

"……."

의료진들 모두가 할 말을 잃었다.

그들은 긴장을 늦추지 않은 채 자신의 역할에 집중하면서도, 도수의 손끝에서 눈을 떼지 못했다.

그리고 한편.

눈을 떼지 못하는 사람은 또 있었다.

* * *

2층 참관실에서 수술 장면을 지켜보던 아사다 류타로는 주먹을 움켜쥐었다. 얼마나 세게 쥐었으면 손톱이 손바닥을 파고들었을 지경이었다.

하지만 정작 그는 의식하지 못했다.

"말이 돼?"

누구한테 묻는 걸까.

누구에게 묻는 것도 아니다.

그 누구라도 대답해 줄 수 없을 테니까.

직접 눈으로 보고 있고, 현실에서 이루어지고 있는 일이니 부정할 순 없는데.

말이 안 된다.

누구라도 그렇게 생각할 것이다.

"이런 미친……."

그 역시 생각 안 해본 게 아니었다.

엄승진에게 수술해 달라는 부탁을 받고 방법을 찾아내겠다고 약속했다.

그 후 몇 년 동안 연구를 하면서 설마 다른 근육으로 대체하는 것 하나 생각해 보지 않았을까?

당연히 생각해 봤다.

불가능하니 그만둔 것이다.

자신이라서가 아니라, 현존하는 누구라도 불가능하니 실천하지 않은 것이다.

만약 도수 같은 의사가 있는 걸 알았더라면 자신이 못 고쳐도 의뢰라도 해줬을 터다.

환자의 죽음은 그 역시 원치 않는 일이니까.

"이런 일을 저지를 수 있는 의사는 없다고 생각했는데… 그냥 저지른 게 아니라 정말 자신했다는 거냐?"

반말이고 존대고 그는 정신없이 지껄였다.

아사다 류타로는 단연코 의사가 되기로 마음먹은 후 가장 큰 충격을 받고 있었다.

"내가 세계 최고의 흉부외과의가 아닐까 생각했다니… 하하하하하."

실성한 듯 웃음이 나왔다.

한때라도 그런 생각을 했다니 부끄러웠다.

쥐구멍에라도 숨고 싶은 심정이다.

도수 말고도, 이런 수술을 할 수 있는 의사가 또 있을까?

세계는 넓고 써전은 많다.

어쩌면 있을지도 모른다는 사실이, 그를 다시 한번 설레게 했다.

'그 사람이 살아 있었다면.'

엄승진에게 일 차 수술을 해줬던 의사.

연구 팀 수장으로서 바티스타 수술에 관한 연구를 하면서도 계속 머릿속을 떠나지 않던 인물이 있었다.

만약 그가 죽지 않았다면, 지금 도수가 하고 있는 수술을 할 수 있었을지도 모른다고 생각했다.

그는 바티스타와 흡사하지만 그보다 더 희귀한 수술을 엄승진에게 했고, 진작 사망했어야 할 그의 생명을 인력으로 연장시킨 장본인이었으니까.

아사다 류타로는 그가 누군지 알고 있었다.

"이찬."

말도 안 되는 수술들을 해내면서도 그 기량을 떨치지 못하고 실종된—사실상 사망했다고 추정되는 인물. 아사다 류타로가 처음 흉부외과의를 꿈꾸게 된 것 역시, 그를 만난 후였다.

그는 아사다 류타로의 영원한 멘토이자 우상이었다. 아사다 류타로의 선천적 심장질환을 치료해 준 생명의 은인이기도 했다.

어쩌면 엄승진에게 더 집착한 것도, 그에게 치료 방법을 찾아내고야 말겠다고 선불리 약속한 것도 동질감의 발로였는지 모른다.

"그 남자와 같은 실력자를 다시 보게 되다니……."

아사다 류타로는 눈을 지그시 감았다. 더 이상 지켜보지 않아도 알 수 있었다.

지금 이 수술이 성공했음을.

*   *   *

아사다 류타로의 생각과는 달리 도수는 끝까지 마음을 놓지 않았다.

물론 출혈은 시작됐을 때에 비해 십분의 일로 줄어든 상태였다.

그는 굳이 정현진을 돌아보며 환자 상태를 묻지 않았다.

대신 투시력을 썼다.

샤아아아아아아아.

아직 생존할 만큼의 피가 돌고 있었다.

혈압이 마지노선까지 떨어지진 않았다는 뜻이다.

아나나 다를까, 정현진이 외쳤다.

"위험합니다!"

더 내려가면 그렇다.

하지만 혈압은 내려가지 않을 것이다.

피가 빠지는 이상으로 들어오고 있으니까.

도수는 그게 보였다.

"지금처럼 피 짜주세요. 괜찮을 겁니다."

방금 어떻게 수술했는지 순간순간의 감정이나 판단들이 기억나지 않았다.

그만큼 본능에 의지해 수술했다.

선택권이 없었기 때문이다.

원래 그의 실력보다도 빨라야 했고, 감각에 의지해서 진행할 수밖에 없었다. 자신이 공부하고 연습했던 것을 믿는 수밖에 없었다.

체득됐길.

그리고 체득됐다.

두근, 두근.

심장이 뛰고 있었다.

도수가 손을 떼자, 의료진이 자기도 모르게 환호성을 내질렀다.

"심장이 뜁니다!"

"아까보다 훨씬 더 안정적이에요!"

이시원과 강미소였다.

김광석은 땀을 닦으며 고개를 절레절레 저었다.

"맙소사, 절반쯤 녹아내린 심장을 신선한 심장으로 만들다니……"

"믿을 수가 없군요."

조근현도 기가 질렸는지 창백한 안색이었다.

그에 도수가 말했다.

"아직 끝난 건 아닙니다."

수술 얘기가 아니다.

모두의 시선이 도수에게로 향하자, 그가 덧붙였다.

"환자는 어떤 이유인지 수술 후 상태가 급격히 나빠졌습니다. 그 양상은 제각기 달랐죠. 언제는 심장이 부어올랐고, 더 지나선 심장이 녹아내렸습니다. 이번 수술 후에도 환자에게 어떤 이상 증세가 나타날 수 있다는 뜻입니다."

도수 역시 그 원인까지 알 순 없었다.

이미 밖에서 몸속을 투시했을 때 예상했지만, 수술 과정에서 밝혀진 건 없었다.

그래서 더 위화감이 들었다.

"수술 마무리되는 대로 내과에 협조 요청 해주세요."

"제가 가겠습니다."

조근현이 말했다.

그는 천하대에서 오래 근무하면서 그나마 다른 과장들과 친분이 있는 편이었다.

물론 내과 과장은 도수를 배척하지 않는 이들 중 한 명이었지만, 그래도 부탁을 하는 데 있어선 친분이 있는 편이 낫다.

"그렇게 하세요."

도수가 대답했다.

수술 도중에 문제점이 파악되지 않았고, 수술로 완치가 안 됐으며, 수술 후유증도 아닌 또 다른 문제가 환자 몸속에 생긴다면.

외과적 견해보단 내과적 견해가 더 필요한 상황이라는 것이 도수의 판단이었다.

'그래도… 다행이군.'

그는 내심 안도했다.

당당하게 수술을 이끌었으나 내내 불안했던 것이다.

이번 수술만큼 투시력 소모가 컸던 수술은 근래 없었다.

라크리마에서 외상 수술만 주로 하다가 천하대에서 여러 복잡, 다양한 수술을 하다 보니 투시력의 상한선이 깨졌다.

초능력의 퀄리티와 지속시간이 늘어난 것도 늘어난 거지만 천하대 수술은 하루에 수십 명을 수술하는 게 아니었기 때문에 극한의 한계점을 완전히 넘는 일 자체가 없었다.

물론 하루에도 수 명을 수술하는 센터 특성상 다른 이들이 듣는다면 거품 물고 기절할 만한 생각이었으나, 도수에게는 '전보다 덜 고된 것'이 사실이었다.

그런데 오늘, 말도 안 되는 수술을 하면서 극심한 체력을 소모했다. 지금도 한계치를 한참 넘은 상황이었다. 머리가 어지럽고 다리가 후들후들 떨렸다.

욱신, 욱신.

전에 레펠 훈련 때 다친 옆구리와 손이 다 쑤실 지경이었다. 분명 거의 다 나은 상태였는데 통증이 생길 정도면 육체자체가 얼마나 지쳤는지 알 수 있었다.

단순히 깊게 집중해서만이 아니라, 너무 긴장한 상태로 수술한 것도 영향이 있을 터였다.

해서 도수는 김광석과 조근현 교수에게 말했다.

"마무리 봉합만 부탁드릴게요."

너 나 할 것 없이.

두 사람 모두 고개를 끄덕였다.

"걱정 말고 좀 쉬어."

"얼굴이 창백합니다."

도수는 손을 털고 수술실을 나섰다. 뒤에서 '수고하셨습니다!'라는 존경 어린 목소리가 들려왔다. 드르륵, 문이 열리고 밖으로 나가자 뜻밖의 얼굴이 기다리고 있었다.

제5장

도수의 신념

　처음 보는 사람과 부원장이 나란히 서서 도수를 기다리고
있었다.
　"부원장님?"
　"수술은?"
　도수가 대답했다.
　"일단 무사히 끝났는데. 지켜봐야 알 것 같습니다."
　"그래, 그랬겠지. 어려운 수술이었어."
　고개를 주억거린 부원장이 말을 이었다.
　"잠시 시간 좀 내지."
　"네."

도수는 부원장 옆에 있는 깐깐한 인상의 중년인이 누군지
묻지 않았다.

어차피 차차 알게 될 일.

세 사람은 부원장실로 가서 마주 앉았다.

부원장은 중년인을 공손하게 대했다.

"제가 얘기해도 되겠습니까?"

"그러시죠."

중년인이 대답하자.

부원장이 도수를 보며 입을 열었다.

"센터장, 근래 응급 출동이 잦던데?"

"네. 레펠 교육 이수 후에는 김 교수님 말고 다른 의료진들
도 출동을 나가고 있습니다."

"고생이야. 그런데… 민원이 자주 들어온다는 건 알고 있나
모르겠군."

간호사에게 몇 번 들은 적은 있다.

그러나 크게 신경 쓰지 않았다.

도수의 기준에선 몇몇 시민들의 불편함보단 부상자 한 명
의 목숨이 훨씬 중요했다.

"듣긴 들었습니다."

"그래. 헬기가 뜨고 내릴 때 소음. 지난번 출동 땐 헬리콥터
프로펠러가 일으킨 바람에 도시락에 모래가 들어갔다는 등산
객의 민원까지 들어왔어. 이거 아주 골치 아픈 문제야."

도수는 어처구니가 없었다.

"모래요?"

"그래."

"헬기는 상공에 떠 있었습니다. 애초에 착륙하지도 않았어
요."

두 사람의 표정을 본 도수는 미간을 찌푸렸다. 민원의 진위
여부는 논점이 아니란 것을 깨달았기 때문이다.

"그런 자잘한 민원까지 신경 써가며 구조해야 하는 겁니
까?"

"자잘한 민원이라도 무시할 수 없습니다."

중년인이 입을 뗐다. 그는 명함을 도수에게 밀어두고 다시
입을 열었다.

"시청의 입장도 생각해 주십시오. 우린 단 하나의 민원도 흘
려들을 수 없어요. 선생님들 입장도 존중하기 때문에 제가 직
접 나온 겁니다."

명함에 적힌 직책은 '부시장'이었다.

그걸 거들떠도 안 본 도수가 부원장에게 고개를 돌렸다.

"어떻게 하라는 거죠?"

그에 대답한 건 또다시 부시장이었다.

"우리도 시민들을 진정시킬 명분이 필요합니다. 헬기가 뜨
는 시간을 한정하시죠."

"하!"

헛웃음을 흘린 도수가 대답했다.

"골든아워에 처한 환자 중 삼십 퍼센트 이상이 밤 시간대 발생합니다. 그 환자들을 다 버리라고요?"

"버리라는 게 아니라……."

"아니라?"

"앰뷸런스도 있고 다른 여러 방법이 있지 않습니까? 그럼 구조헬기가 지원되지 않았을 땐 어떻게 환자를 이송했어요?"

"후."

짧게 한숨을 뱉은 도수가 설명을 덧붙였다.

"헬리콥터가 중환자실 치료가 필요한 응급 외상 환자의 생존율을 증가시킨다는 건 이미 수많은 응급의학 분야 논문을 통해 증명된 사실입니다."

"그건 땅덩어리가 넓은 나라 얘기고. 한두 블록 간격으로 병원이 있는 대한민국 서울 땅에서 무슨 헬리콥터입니까?"

"답답한 소리."

"뭐요?"

부시장이 눈을 부릅떴지만 도수는 시선을 피하지 않고 천천히 말을 이었다.

"지금 부시장님 몸에 피가 얼마나 있는 줄 아세요?"

"지금 뭐 하자는 겁니까?"

"체중의 오 퍼센트입니다. 부시장님은 칠십 킬로가 좀 넘어 보이시니 삼 킬로 정도 되겠군요."

"그래서요?"

"그 삼 킬로 중에서, 절반 이상이 빠져나가면 사람이 죽습니다. 일 점 오 킬로만 손실이 있어도 사망이란 뜻이죠."

부시장은 표정을 와락 일그러뜨렸다. 말이라도 자신을 빗대 죽느니 사망하느니 하는 게 마음에 들 리 없었다.

"그게 뭐 어쨌단 겁니까?"

"끝까지 들으세요."

도수가 차갑게 강요하자.

부시장은 내심 흠칫하며 입을 닫고 팔짱을 꼈다. 일순 뜨끔한 속내를 들키지 않으려고 '그래, 어디 한번 해봐라', 고자세를 유지하는 것이다.

개의치 않은 도수가 말을 이었다.

"다시 말해 체중의 이 퍼센트만 출혈이 있어도 죽는 겁니다. 일 점 오 킬로 정도 되는 양의 피가 빠지는 데 얼마나 걸릴 것 같으세요?"

"자꾸 묻지 말고 얘길 해요."

"한번 일 점 오 리터 우유 팩에 구멍을 뚫고 쏟아보세요. 다 쏟는 데까지 몇 분 걸리겠습니까?"

"나한테 질문하지 말라니까……."

"그 시간."

도수가 말을 잘랐다.

"골든아워에 돌입한 환자는 사고 후부터, 구멍 뚫린 일 점

오 리터 우유 팩이 빈 갑이 될 시간이면 죽는단 말입니다. 금방 죽어요."

"왜 같은 말을 반복하는 겁니까?"

"그만큼 중요하기 때문입니다."

도수가 덧붙였다.

"아까 부시장님이 말씀하신 몇 블록마다 있는 병원은 대부분 중증 응급환자를 직접적으로 케어하기 힘든 병원들입니다."

"그래도 응급처치는 할 수 있을 것 아닙니까?"

"그럼 뭐 해요? 그런 가까운 외부 병원에서 보이는 출혈만 막고 우리 병원에 오기까지 두 시간이 넘게 걸립니다. 검사까지 받고 움직이면 네 시간이 넘게 걸려요. 아무리 응급처치를 한다고 해도 환자가 버틸 수 있겠습니까?"

"……"

부시장이 도움을 청하듯 부원장을 바라봤다.

그에 부원장이 대답했다.

"센터장 말이 틀린 말은 아니라서."

"그래서, 지금 이대로 계속 진행하겠다는 얘깁니까? 그럼 민원은요?"

"무시하세요."

도수가 칼같이 잘라 말했다.

"아까 들으셨다시피 병원으로 직접 민원을 넣기도 합니다.

간호사들은 쌍욕을 먹기도 해요. 가끔 저한테 어떻게 하냐고 묻습니다."

"……."

"전 무시하라고 합니다. 문제는 그 사람들이 아니라 몰상식한 기관입니다."

"지금 나 들으라고 하는 소립니까?"

"네."

도수가 대답했다.

"들으시라고 하는 소립니다. 시민들이야 자기 입장만 생각하겠죠. 불편이 있을 수 있습니다. 그래서 민원을 넣는다 치자고요."

"그 민원을 처리하는 게 우리 기관입니다."

부시장이 말을 잘랐다. 그는 잔뜩 굳은 표정으로 덧붙였다.

"그래서 지금 처리하러 온 거고요."

"아뇨."

도수가 고개를 저었다.

"이건 처리가 아닙니다. 회피죠."

"어째서요?"

"그 시민들도 다칠 수 있습니다. 아플 수 있어요. 그분들이 환자 입장이 된다면? 다시 민원을 넣을 겁니다. 목숨이 걸린 사람이 먼저 아니냐. 헬리콥터를 띄우라고 말이죠."

"……!"

부시장은 일순 말문이 막혔다.

그 틈을 비집고 도수가 팩트를 짚었다.

"시청이 해야 할 일은 시민들에게 중요성을 주지시키고 양해를 구하는 일 아닙니까? 당신들도 다칠 수 있고 아플 수 있다는 걸 알려주는 것 아니냔 말입니다."

"그건……."

부시장이 반박할 말을 찾지 못하자.

잠자코 듣던 부원장이 개입했다.

"이 문제에 대해선 저희 병원 측과 시청이 지속적인 소통을 하면서 해결해 가는 편이 지혜롭지 않을까 싶은데요. 지금 피해를 입는 시민들이나, 당장 목숨이 경각에 달린 환자들 양쪽다 중요하니 서로 맞춰가며 모두가 만족할 만한 결과를 도출하도록 하죠. 어떻습니까?"

"……."

잠시 말이 없던 부시장이 도수를 일별하곤 입을 열었다.

"좋아요. 시장님께 그렇게 전하긴 하겠습니다. 하지만 이 같은 문제는 지속적으로 발생할 거예요. 여기 선생님들 생각이 뭔지 모르는 건 아니지만 조속한 해결이 필요합니다."

"일단은… 그렇게 알고 있지요. 나머진 식사라도 하면서 대화 나누시는 게 어떻겠습니까?"

고개를 돌린 부원장이 도수에게도 의중을 물었으나.

도수는 담백하게 사양했다.

"전 병원에 남아야 할 것 같습니다."

"이 병원에 의사가 센터장밖에 없는 것도 아닌데……."

"수술 끝난 지도 얼마 안 됐고요."

"아아, 입맛이 없을 수도 있겠구만."

그제야 고개를 주억거린 부원장이 부시장에게 시선을 돌렸다.

"우리끼리 가야겠습니다."

"그러시지요."

그렇게 대답한 부시장이 도수를 보며 덧붙였다.

"명성은 많이 들었습니다. 초면에 이런 일로 뵙게 돼서 유감입니다."

"그러실 것 없습니다. 서로 할 일을 하는 거죠."

"이해해 주니 고맙습니다."

가볍게 목례한 부시장은 안경을 고쳐 쓰며 감정을 숨겼다.

'굉장히 피곤한 놈이구먼.'

그는 이런 부류들을 줄곧 봐왔다.

반골 기질이 다분한 놈들이다.

이런 놈들의 공통점은 말을 안 듣고 꼭 한 번씩 골치를 썩인다는 것.

그리고 힘을 얻었을 땐, 그야말로 주체할 수 없다는 점이다.

'이대로 두면 우리랑은 계속 마찰을 빚을 것 같은데…….'

그렇다고 당장 싹을 자를 방법이 없었다. 그가 찜찜한 기분으로 몸을 일으키는 그때.

도수가 마주 일어나며 부원장에게 물었다.

"아, 그런데 이 부분. 이사장님도 아시는 건가요?"

부원장이 눈살을 찌푸렸다.

"무슨 뜻이지?"

"뭐가 말입니까?"

"이 정도 일은 내 선에서 처리할 수 있어."

"아, 그런 뜻은 아니었습니다. 그냥 궁금해서요."

"말은……."

중얼거린 부원장이 덧붙였다.

"이건 내 일이기도 하니까 센터장은 신경 쓰지 마. 어차피 이사장님께는 보고할 내용이니까."

"알겠습니다."

"그리고 센터장."

"네?"

"이사장님이 총애하신다고 요즘 너무 기고만장한 데다 안하무인이라는 이야기가 들려."

부시장 앞에서 자존심이 상한 것에 대한 복수.

너무 속이 보여서, 도수는 자칫 웃음을 터뜨릴 뻔했다.

"부원장님도 그렇게 생각하세요?"

"누가 내가 그렇게 생각한대? 여기 병원이야. 보는 사람도 많고… 공동체이니만큼 행동거지에 주의할 필요는 있어 보이는군."

"알겠습니다."

도수는 굳이 더 끌지 않고 대화를 끝맺었다. 안 그래도 피곤한데 쓸데없는 감정 소모를 하고 싶지 않았기 때문이다.

눈매를 좁히고 그를 응시하던 부원장이 고개를 끄덕였다.

"그만 나가봐."

"네, 그럼."

목례한 도수는 부원장실을 빠져나왔다. 탁, 문을 닫은 그는 고개를 저었다.

'내가 적을 만드는 타입인가?'

만약 그렇다 해도.

필요 이상 굽신거리거나 성격을 바꾼다거나 신조를 꺾고 싶은 마음이 들지 않았다.

적이 많아서 좋을 건 없지만, 환자를 위해서라면 백만 적군이 도사리는 곳이라도 기꺼이 들어가야 하는 게 의사다.

인종, 종교, 국적, 당파, 또는 사회적 지위 여하를 초월하여 오직 환자에 대한 의무를 지키는 것.

그게 바로 의사가 되기 위한 기본 소양인 것이다.

의사가 되기에 앞서 선서했고, 그 전에도 그 같은 마음으로 전쟁터에 남아 의료 활동을 했다.

그런데 이깟 암초쯤이야.

도수의 걸음에는 조금의 망설임도 없었다.

＊　　　　＊　　　　＊

다음 날.

아사다 류타로가 도수를 찾아왔다.

이번엔 아주 짐을 싸서 연구실로 왔다.

"……."

황당한 표정으로 그를 빤히 바라보는 도수.

그런 그에게 아사다 류타로가 말했다.

"당분간 천하대병원에 머물 수 있겠습니까?"

홍조를 띠고 있는 것이, 자신이 얼마나 어이없는 부탁을 하는 건지 스스로 자각하고 있는 얼굴이다.

그에 도수가 물었다.

"한가하세요?"

"……."

"한가하신 분은 아닌 걸로 알고 있는데."

"안 한가합니다."

"그런데 왜 이러시는 거예요?"

안 그래도 여러 가지로 신경 쓸 일이 많은 도수는 머리가 아파왔지만.

아사다 류타로는 고개를 숙이며 공손하게 부탁했다.

"어차피 천하대병원과 우리 병원은 이번에 교류하기로 되어 있지 않습니까? 괜찮으시다면 제가 먼저 천하대병원 응급의학과를 경험해 보고 싶습니다."

"제 의중은 그렇다 치고, 이렇게 막 마음대로 돌아다니셔도 되는 건지."

"제가 근무하는 병원 측에는 이미 허락을 맡았습니다. 이 병원 이사장님도 허락하셨고요."

하긴.

아사다 류타로라면 세계적으로 손꼽히는 써전. 그런 그의 요청을 거절할 병원도, 그를 거부할 병원도 많지 않았다. 동일본병원 측에서야 울며 겨자 먹기로 허락을 했다 해도 천하대병원 측에선 거절할 이유가 없는 것이다.

도수는 한숨을 내쉬었다.

"근데 좀 이상하네요. 같은 흉부외과도 아니고 응급실에 계시겠다니."

"제가 머무는 이유는 이도수 센터장님 때문입니다."

"왜죠?"

"센터장님 수술에 감명받았으니까요. 그리고……."

"그리고?"

"센터 운영 방식에도 놀랐습니다."

아사다 류타로의 입가에 미소가 퍼졌다.

"한국과 일본의 병원 문화는 흡사한 점이 많습니다. 저 역시 대학병원의 제도적 허점을 안타깝게 생각하는 한 사람이죠. 그렇기에 이러한 문제점을 정면으로 부딪쳐서 돌파하신 센터장님을 보며 수술 외적으로도 많이 배우고 싶습니다."

과찬이었다.

도수가 지금 입장을 고수할 수 있는 건 여러 가지 요건들이 맞물렸기 때문.

이런 관심은 부담이기도 했다.

그러나 도수는 이미 결정된 사항을 굳이 뒤집으려 하지 않았다.

대신, 한 가지는 확실히 짚고 넘어갔다.

"알겠습니다. 대신 참관만 하시는 건 안 돼요. 여긴 응급실이지, 동물원이 아니니까… 다른 과는 몰라도 응급실에 계시려거든 한 사람 몫은 해주셔야 합니다."

제6장
의국 회의

"물론입니다."

아사다 류타로는 활짝 웃었다.

그러나 그의 얼굴이 굳는 데까진 오랜 시간이 걸리지 않았다.

"그래서 말인데, 한국어를 못 하시니 직접 진료를 보시긴 힘들 거라고 생각합니다. 아무리 병원 간의 연계가 있다 해도 사람이 없는 것도 아닌데 수술을 막 하실 순 없겠죠."

벌써부터 부려먹을 생각이라니.

아사다 류타로는 고개를 주억거렸다.

"그건 그렇습니다."

도수가 아랑곳 않고 기다렸다는 듯 말했다.

"그러니 응급환자들을 진단해 주시고, 레지던트들에게 약물 처방을 제외한 오더를 내리고 감독해 주셨으면 합니다."

약물 처방은 병원마다 규정이 있으니 함부로 지시할 수 없었다. 그런 약물 처방을 제외한 오더라면, 환자가 들어왔을 때 필요한 조치들을 말한다. 예를 들어 인투베이션이 필요할 경우 오더를 내고 레지던트가 잘하는지 감독해 달라는 뜻.

아사다 류타로는 직접 뛰어드는 것도, 그저 참관하는 것도 아닌 수준의 의료 행위를 하려니 찝찝했으나 고개를 끄덕일 수밖에 없었다.

동시에 이런 생각을 했다.

'괜히 한다고 했나?'

하지만 그는 불청객.

그가 원하고 말고는 크게 중요치 않았다.

도수가 말했다.

"그럼 저도 협조하겠습니다. 같이 가시죠."

그는 앉은 지 얼마나 됐다고 곧바로 몸을 일으켰다.

아사다 류타로도 반사적으로 일어나 도수를 쫓았다.

도수가 향한 곳은 의국이었다.

문을 열자.

"어?"

"센터장님."

"좋은 저녁입니다."

안에 있던 레지던트들이 인사를 건넸다.

그들을 응시한 도수가 말했다.

"지금 근무하고 있는 근무자들 좀 소집해 줘요. 의사, 간호사 전원 다."

"알겠습니다!"

이시원이 가장 먼저 의국을 뛰쳐나갔다.

고개를 절레절레 저은 강미소가 몸을 일으켰다.

임재영과 남민수가 따라 일어나려 하자, 그녀가 도로 앉혔다.

"내가 갈게."

"아, 네……."

그녀는 도수를 보며 덧붙였다.

"오늘 김 교수님 당직이세요."

도수가 고개를 끄덕였다.

김광석도 부르라는 뜻.

의미를 알아들은 강미소가 나가자 도수는 자리에 앉았다.

"센터장님."

남민수가 언제 꺼내 왔는지 아이스크림을 건넸다. 은근히 싹싹한 면이 있었다. 하긴, 그랬으니 천하대병원에서 수석씩이나 하고 졸업했겠지만.

혼자 힘으로 고득점을 하는 이들도 있었지만 대부분은 선배들에게 잘 보여 족보를 얻은 쪽이 유리했다. 더구나 대학병원이 있는 의대는 취업할 병원과도 라인이 이어지기 때문에 선배들과 관계를 잘 맺는 것이 필수적이었다.

남민수는 대학 생활에서 체득한 노하우를 발휘하고 있는 것이다.

아이스크림을 받은 도수가 말했다.

"고맙습니다."

아사다 류타로에게 마저 아이스크림을 건넨 남민수가 물었다.

"그런데 이분은 누구신지……?"

의사가 아무리 유명해도 연예인은 아니니, 일일이 얼굴을 다 알 수는 없다.

전공 외의 과라면 더더욱.

도수가 대답했다.

"동일본대학 아사다 류타로 씨입니다. 흉부외과 분야에선 세계적인 권위자고요."

"아……!"

남민수가 눈을 반짝였다.

'어울리는 분들까지… 역시 클래스가 다르셔!'

그런 생각이 표정에서 고스란히 묻어났다.

남민수나 임재영이 봤을 때 도수는 그야말로 천외천의 존재였다.

하늘 같은 교수들 위에 위치한 직급도 직급이지만 그의 수술 실력은 볼 때마다 경악을 감출 수 없었다.

임재영 역시 눈을 반짝이며 물었다.

"센터장님과는 어떤 관계신지⋯⋯."

관계?

설명할 말이 사라진 도수가 대충 답했다.

"협력관계?"

"협력관계라면⋯⋯."

"당분간 우리 과에서 일을 도와주실 분입니다. 그 정도만. 더는 묻지 마세요."

"아, 넵."

귀찮은 질문을 차단한 도수가 아이스크림을 맛보고 있는 그때.

김광석을 대동한 강미소가 들어왔다.

김광석이 물었다.

"무슨 일 있나?"

"별일 아닙니다. 다들 오면 한 번에 말씀드릴게요."

"음."

김광석이 자리에 앉았다.

이후 의사들과 간호사들이 들어와서 좁은 의국을 채웠다.

늦은 시간인데도 당직인 의사나 당직이 아닌 의사나 모두 근무 중이었다.

이시원이 말했다.

"응급실엔 김용찬 선생이 남았습니다. 회의 내용은 회의 끝나는 대로 전달하겠습니다."

고개를 끄덕인 도수가 입을 열었다.

"오늘 시청에서 사람이 나왔습니다. 시민들이 민원을 넣었다고."

"또요?"

이하연이 한숨을 푹 내쉬었다.

"요즘도 자주 전화 와요. 시끄럽다고……."

다른 간호사들도 고개를 주억거리며 동조했다.

"선생님들은 환자만 보시면 되지만 저희는 환자 보랴, 욕먹으랴 얼마나 골치인데요. 어제는 저한테 쌍년이라고 했다니까요."

과연 짬밥 되고 기가 센 수간호사다웠다. 도수와 교수들 눈치를 보면서도 말을 적당히 골랐다. 그들한테 욕을 한 건 아니지만 들은 욕을 필터링 없이 전달한 것이다.

"심각성을 좀 아시겠죠?"

그녀의 질문에 도수가 대답했다.

"간호사 선생님들 노고는 잘 알고 있습니다."

"무시하라고 하셔도 말이 무시지… 한두 건도 아니고, 솔직히 욕먹자고 간호 일 하는 것도 아닌데 너무 스트레스예요. 거기다 환자는 계속 몰려오지, 선생님들은 자기가 맡은 환자

한 번이라도 더 들여다보라고 오더 주지……. 여기저기 치인다
고요."

수간호사는 간호사들의 입장을 대변했다. 이미 이 병원에
서 오랫동안 근무한 수간호사는 그런 민원이 오면 전화를 끊
어버리거나 수화기를 뒤집어놓았다가 끊는다. 그 정도 일에
까딱할 그녀가 아닌 것이다.

이내 팔짱을 끼고 있던 조근현 교수가 입을 열었다.

"스트레스받는 거야 간호사 선생들만 그렇겠나. 우리도 매
일같이 출동 나가고, 손에 피를 묻혀가며 집에도 잘 못 들어
가고 일하는데."

그는 의사 입장을 대변했다. 의사들이 봤을 땐 간호사들이
배부른 불평을 토로하는 걸로 보이는 것이다.

"지금 비교하자는 얘기가 아니잖아요?"

수간호사가 외치는 순간.

도수가 개입했다.

"이럴까 봐 모두 불러서 말씀을 드리는 겁니다. 민원을 넣
는 시민들이나 환자들에게 직접 뭐라고 할 수 없으니 안에서
곪는 거예요. 수간호사님 말씀처럼 그런다고 서로 비교하고
탓하면 안 됩니다."

뜨끔한 조근현이 입을 다물었다.

이내 도수가 덧붙였다.

"민원 건은 조속한 시일 내에 대처하도록 하겠습니다."

"어떻게요?"

"시민들 한 명, 한 명 입을 일일이 틀어막을 수도 없는 노릇이고."

간호사들은 부정적이었다.

민원으로 인한 스트레스가 쌓이고 쌓이다 보면 터져 나오는 게 당연했다.

그동안은 말이 나오지 않아 잠자코 있었지만, 도수가 그 불씨를 지핀 셈이다.

하지만 어차피 한 번은 부딪쳐야 할 문제.

도수는 피하지 않았다. 그 역시 생각해 둔 바도 없이 이런 자리를 마련한 건 아니었으니까.

"대외 활동을 해서 우리가 하는 일의 필요성을 알릴 생각입니다."

대외 활동.

늘 시간에 쫓기는 응급실 의사한테 대외 활동이라함은 인터뷰, 콘퍼런스, 방송 참여 따위를 뜻한다.

그러나 반응은 회의적이었다.

"그런다고 누가 알아주기나 하려구요."

"별 효과도 없을 거예요."

그러나 도수는 고개를 저었다.

"있게 해야죠. 대외 활동을 하면서 우리 상황을 알리면 시청에서도 더는 압박하지 못할 거예요. 그래도 발생하는 민원은 전문적인 민원 처리 기관의 협조를 받을 생각입니다."

"민원 처리 기관의 협조라면?"

"어떤 식의 협력이 될지는 상의를 거쳐야겠죠. 그리고 원내 전화기를 발신지가 표시되는 것으로 모두 바꾼 뒤 욕설이나 협박을 할 시에는 강경 대응 하면 어떨까 합니다. 여러분의 동의를 받으면 바로 이사장님께 건의할 거고요."

"······."

센터장인 도수가 이렇게까지 신경 써주겠다는 데에야.

의사들과 간호사들 모두 아무 말도 하지 못했다. 그들 역시 근본적인 해결책이 없었기에 불만을 토로한 것뿐, 실질적인 해결을 바란 것은 아니었다.

도수가 입을 열었다.

"이견이 없으면 보고하도록 하겠습니다. 그러니 조금만 더 참고 기다려 주세요."

"···알겠습니다."

"너무 개의치 마세요. 센터장님이 가장 고생하시는 건 우리 병원 사람들 다 알아요."

이하연이 걱정스러운 표정으로 말하자.

옆에 앉은 간호사가 팔꿈치로 툭 치며 은밀한 눈총을 보냈다.

그러자 얼굴을 확 붉힌 이하연이 고개를 푹 숙였다.

물론 도수는 여기 모인 사람들 전체를 아우르고 있었기에 그녀의 표정 변화까지 알아채진 못했다.

그는 손뼉을 치며 말했다.

"자! 그럼 다시 힘내봅시다."

"네!"

대답한 의사며 간호사들이 분분히 자리에서 일어났다. 그러나 다들 하나같이 자리를 떠나지 않고 김광석의 눈치를 보고 있었다.

"……?"

도수가 눈을 크게 뜨자.

김광석이 마지막으로 몸을 일으키며 입술을 뗐다.

"센터장한테는 미안하지만 근무 표를 좀 바꿨습니다."

"근무 표를요?"

김광석이 고개를 끄덕이며 은근히 아사다 류타로에게 시선을 던졌다.

"…바꾸기 전엔 센터장이 거부할까 봐 걱정했는데, 이제 모든 조건이 완벽히 갖춰진 것 같군요."

"뭔데 그래요?"

심상치 않은 분위기에 도수가 묻자.

김광석이 대답했다.

"센터장은 내일 오프입니다."

"예?"

도수가 당황했다.

"무슨 오프요?"

"서른여섯 시간 잠도 안 자고 당직 근무. 네다섯 시간 자고 또 열 시간 이상 근무. 사십팔 시간 근무했을 때도 있었던 걸로 압니다. 그러다 몸 상해요. 환자한테도 안 좋고."

"왜 새삼스럽게…… 그건 다들 그렇잖아요."

"센터장이 가장 근무 시간이 많아요. 그 상입니다. 내일 오프예요."

김광석은 거의 억지로 욱여넣듯 말했다.

그러나 도수는 그리 말을 잘 듣는 편이 아닌지라 다시 한번 튕겨져 나왔다.

"병실에 환자가 있는데 어떻게 자리를 비워요? 우리 응급실에 흉부외과의가 있는 것도 아니고. 대체할 인력이 없지 않습니까."

"센터장 말도 일리가 있지만 지금은 상황이 달라졌습니다. 흉부외과의, 있어요."

다시 한번 아사다 류타로를 쳐다보는 김광석.

아사다 류타로가 팔짱을 풀며 자신을 가리켰다.

"제 얘기 중입니까?"

못 들은 척한 도수가 김광석에게 말했다.

"다른 병원 인력입니다. 그것도 일본의."

굳은 표정의 도수.

바로 그때였다.

수간호사가 답답한지 큰 소리를 냈다.

"아니, 무슨 지박령이세요? 교도소 수십 년 살면 나가기 무섭다던데 센터장님도 그런 겁니까? 그냥 좀! 생일 하루쯤 쉬어요, 쉬어!"

그녀의 말에 다들 한마디씩 거들었다.

"생일 축하드립니다, 센터장님."

"축하드립니다."

"내일은 좀 쉬세요."

"센터장님이 건강하셔야 우리 과가 건재하고, 그래야 환자를 한 명이라도 더 살릴 수 있습니다."

"센터장님은 홀몸이 아니세요."

울컥.

도수는 케케묵은 감정이 치고 올라왔다. 느껴본 지 너무 오래돼서 어떤 감정인지 정체를 파악하는 데만 해도 한참 걸렸다.

감동.

가슴속에서 느껴지는 촉감으로 치면 따뜻함이다

"……"

당연한 얘기지만 부모님이 돌아가신 후 생일을 챙긴 적이 없었다. 수험생 등록을 할 때나 이력서에 생일을 적어 넣을 때도 가물가물한 기억을 한참 되짚어야 했다. 그리고 정작 병원에 온 뒤로는 자신의 생일 따위 생각할 여유가 없었다.

그런데 동료들이 챙겨준 것이다.

"…감사합니다. 그래도 오프는……."

"아, 쫌!"

놀랍게도.

목소리의 주인은 이하연이었다.

평소 전혀 그런 이미지가 아니었기에 모두가 눈을 동그랗게 떴다.

그녀는 아예 도수 앞에 가선 소매를 잡았다.

"제가 집까지 데려다드려요?"

"……."

"딱 하루예요. 저기 류타로 선생님도 계신데 스물네 시간 안에 무슨 큰일이 벌어지겠어요? 만약 문제가 생기더라도 병원에 각 과 당직 선생님들 계시잖아요. 휴가 가실래요, 마실래요?"

홍시처럼 새빨간 그녀의 얼굴에서 다른 동료들의 얼굴로 일일이 시선을 옮긴 도수는 그들 모두 자신보다 더 자신의 휴가를 염원하고 있음을 알 수 있었다. 이렇게까지 하는 데야.

도수가 고개를 끄덕였다.

"알겠습니다. 갈게요."

왠지 패배자처럼 동료들을 가로질러 의국 문 앞까지 다가간 도수는 문고리를 돌리기 전, 뒤를 돌아보며 입을 뗐다.

그 순간 강미소가 그가 하려던 말을 대신했다.

"무슨 일 있으면 바로 전화드릴게요. 어차피 멀리 가시지도 못할 테니."

다시 한번 고개를 끄덕인 도수.

그가 말했다.

"축하 감사합니다."

그리고 덧붙였다.

"…제 휴가 챙겨주신 것도 감사합니다."

왜 그 말이 이렇게 안 떨어지고 어색하게 흘러나올까. '감사하다'는 말이나 '죄송하다'는 말을 평소 심할 정도로 아끼는 도수였다.

그가 철컥, 문을 열고 나가자.

뒤에 덩그러니 남은 아사다 류타로가 두리번거리다, 고민 끝에 큰일을 저지르고 고개를 푹 숙인 이하연에게 영어로 물었다.

"뭡니까?"

그 순간.

토닥, 토닥.

말없이 그의 어깨를 두드리는 조근현.

한술 더 떠 김광석은 넌지시 근무 표를 내밀었다. 어느새 근무 표에 명시된 몇몇 환자의 이름 옆에는 '임시 주치의 아사다 류타로'라는 내용이 적혀 있었다.

"……."

제7장

뜻밖의 소식

아사다 류타로는 도수가 맡았던 환자들을 자주 살펴보았다. 딱히 할 일이 없어선 아니었다.

남의 환자를 살핀다는 것.

본인의 환자를 들여다보는 일보다 더 조심스럽고 긴장되는 일이었다.

환자의 병력이나 수술 기록을 확인했다 하더라도 미래를 예측할 수는 없기 때문이다.

두벅, 두벅…….

복도를 걷던 그는 고개를 저었다.

'완전히 잘못 걸렸어.'

아니, 제대로 걸려들었다고 해야 하나?

어찌 됐든 그 덕분에 도수가 예정에도 없던 오프를 나갔으니 나쁜 일은 아니었다.

뭐, 아사다 류타로 입장에서도 응급실에 더 자주 드나들 수 있었다.

그가 두리번거리며 생각했다.

'이 인력으로 이렇게 많은 환자들을 케어한다고?'

아직도 쉽사리 납득이 가지 않았다.

환자 수 대비 의료진 수를 고려했을 때 물리적으로 힘들다는 계산이 나오기 때문이다.

그럼에도 응급실은 문제없이 돌아갔다.

'역시… 그때 모였던 인원이 전부였어.'

의국에서 본 의료진이 응급의학과 의사 전원이었다.

간호사도 절반은 회의에 참여했다.

의사, 간호사, 코디네이터, 구조원, 항공 관련 종사자까지. 응급외상센터 인원만 수백에 달하는 동일본대학병원에 비해 하잘것없는 인력이었다.

한국 최고라는 천하대병원에서 유독 응급외상센터만 인력이 부족한 것은 도수가 오기 전까지 명목상 만들어뒀던 유령 분과이기 때문이다.

개편된 지 얼마 되지도 않았을뿐더러, 이사장의 사비로 운영되고 있기에 재정 지원이나 인력 충원에 한계를 겪고 있는 것이다.

이렇게 열악한 환경에서도 동일본대학병원과 비슷한 환자 수를 커버한다는 것은.

'근무 시간.'

그것밖에 답이 없었다.

천하대병원 응급의학과 인원들은 전원 다 주당 백이십 시간 이상 근무를 하고 있었으며, 특히 의사들의 경우 집에 가는 날짜를 세려면 주 단위가 아니라 년 단위로 계산을 해야 했다.

근무 시간표를 확인한 아사다 류타로는 혀를 내둘렀다.

"이렇게 일하는데도 다들 용케 살아 있군."

혼잣말이었지만 스테이션에서 중얼거렸기에 간호사들이 들었다.

개중에 일어에 능통한 수간호사가 물었다.

"뭐가요?"

"아, 아닙니다."

아사다 류타로는 새삼스러운 눈길로 그녀를 바라보았다. 정작 수간호사는 고개를 돌리며 자기 일에 집중했지만, 그는 응급외상센터 누구도 허투루 볼 수 없었다.

누구 하나 빠질 것 없이 혹독한 악조건 속에서도 열정을 다해 환자를 살리려고 고군분투하는 투사들인 것이다.

　　　　　*　　　　　*　　　　　*

　아사다 류타로가 천하대병원에 적응하는 사이.

　도수는 아침 회진을 끝으로 병원을 나선 참이었다. 그러나 그는 주차장 문턱에서 멈춰 섰다.

　'어딜 가지?'

　갈 곳이 없었다.

　그가 지내던 집은 텅 비어 있었다. 임숙영과 김해리, 김광석 모두 병원에 있었기 때문이다.

　'…갈 데가 없네.'

　집 비밀번호는 알고 있었으니 이대로 집으로 향해도 될 것이다.

　그간 부족했던 잠을 몰아서 푹 자도 된다. 많은 의사들이 오프 날을 활용해 부족했던 수면 시간을 채우는 것처럼.

　피식.

　도수는 문득 웃음을 흘렸다.

　정말 지독하게 일만 하는 의사들이 많다. 그 사실이, 도수에게 힘을 주었다. 말하자면 전우 간에 동질감이 상호작용 하여 전투에 나간 병사들의 사기가 자발적으로 올라가는 것과 비슷한 이치였다.

　"음."

　그냥 집으로 가서 일단 좀 자둘까, 아니면 도서관이라도 들

140 레저렉션

러서 의대생들이 보는 의학 서적을 잔뜩 빌려 들고 집에 갈까 고민하는 사이.

누군가 다가왔다.

"닥터 리."

귀에 익은 목소리.

그리고 영어 발음.

고개를 돌린 도수가 활짝 웃었다.

"매디 보웬."

"오랜만이야."

그녀가 내민 손을 도수가 잡았다.

"한국에는 웬일이에요?"

"휴가… 면 좋겠지만, 취재."

"역시."

밤낮없이 일하는 건 의사만이 아니다.

매디 보웬 같은 기자들도, 밤낮없이 자기 일을 한다. 목숨 걸고 전쟁터까지 와서 취재를 했던 그녀이니 어쩌면 당연한 일이다.

"취재 대상은?"

"닥터 리."

"저요?"

도수가 눈을 크게 뜨자.

그녀가 고개를 끄덕였다.

"미스터 엄의 수술도 성공했던데."

엄승진을 말하는 것이다.

"그를 알아요?"

"그렇게 됐어. 친하진 않지만 안면이 있는 정도?"

"신기하군요."

"나도."

"그가 정보를 줬습니까?"

"아니. 그가 준 정보는 자신이 죽을병에 걸렸다는 것 하나
야. 아, 나랑 함께 밤을 보내고 싶다는 얘기도 하던데."

"못 말릴 양반이로군."

피식 웃는 도수.

무의식적으로 놓지 않고 있던 손을 빼며, 매디 보웬이 말했
다.

"그래서 거절했어. 너라면 생각은 해봤을 텐데."

"제 의사는 안 중요해요?"

"농담해?"

매디 보웬이 짐짓 눈을 찡그렸다.

"나, 어디 가서 안 빠지는데?"

"그건 인정하지만 데이트 정도로 만족하죠."

"이제 제법 사내다워져서 어른이 다 된 줄 알았는데 아직
연애 세포는 어린 시절에 머물러 있었네."

"모욕적인데."

"매정하게 차인 나보다 더 모욕적이려고?"

시시껄렁한 농담을 주고받던 그녀가 용건을 꺼냈다.

"한국에선 주로 어디 가? 데이트할 때."

"카페 갑시다."

도수는 걸음을 옮겼다.

그나 그녀 모두 '데이트'에 비유했으나 농담일 뿐이었다.

매디 보웬이 도수와 데이트나 하자고 한국에 올 정도로 둘 사이가 각별하고 애틋한 것도, 그만큼 한가한 것도 아닐 테니까.

짤랑.

두 사람이 길 건너편 카페에 들어가 마주 앉자 매디 보웬이 입을 뗐다.

"데이트치고 시시한데. 병원을 못 벗어나네."

"병원 밖인데."

"길 건너잖아."

"…좀 가깝죠."

"많이 가까워. 재미없는 남자 같으니라고."

투덜거린 매디 보웬이 다시 입을 열었다.

"네가 그동안 어떻게 지냈나 알아보느라 좀 늦었어."

"감동 포인트인가요?"

"아마도."

빙그레 웃은 그녀가 덧붙였다.

"내가 도움 될 일이 있을 것 같은데……."

도수는 선뜻 도움받을 만한 일이 떠오르지 않았다.

"무슨 도움을?"

"미스터 엄에 대한 거야. 그를 조사하다가 의외로 네가 흥미로워할 만한 정보를 건졌거든."

"내 생각 하다 늦었다고 했으면서."

"원래 탐스러운 꽃에는 벌이 많이 꼬이는 법이지."

피식 웃은 도수가 물었다.

"그래서, 제가 흥미로워할 만한 정보가 뭐예요?"

"공짜로?"

"원하는 게 있으면 제공하죠."

"좋아."

씨익 미소 지은 그녀는 도수가 봤던 엄승진의 수술 기록과 일치하는 기록지를 내밀었다.

기록지를 보던 도수가 말했다.

"이건 본 건데……."

"자세히 봐."

도수가 다시 보자.

노인에게 받았던 기록지에 지워져 있던 주치의 이름이 적혀 있었다.

놀랍게도 그 이름은 '이찬'.

"아버지?"

"빙고."

매디 보웬이 윙크를 던졌다.

"그게 원본이야."

"하."

도수는 다시 기록지로 시선을 옮겼다. 그러고는 쉽사리 눈을 떼지 못했다. 기록지를 든 손이, 잘게 떨려왔다.

"이렇게 또 보게 될 줄이야."

어조가 크게 달라지진 않았지만 그 속에 얼마나 큰 격정이 깃들었는지 매디 보웬은 모르지 않았다.

그녀가 물었다.

"또 놀라게 해줄까?"

도수가 어렵사리 시선을 떼고 고개를 들자.

그녀가 말을 이었다.

"한국에는 이찬이 누구와 결혼을 했는지 자료를 구할 길이 없지만 해외에선 알아볼 수 있었어. 물론 이것도 나쯤 되니까 가능한 일이지만… 너, 천하대 이사장의 혈육이더군?"

도수의 표정에는 변화가 없었다.

"…이미 알고 있었던 것 같고."

"출생의 비밀 이런 건 식상하잖아."

도수가 기록지를 내려놓으며 말했다.

"어서 말해봐요. 그게 왜 놀라운 사실인지."

"네 어머니도 아버지만큼 대담한 사람이었더라고."

매디 보웬은 가방에서 가슴이 찍힌 CT 사진을 꺼내 내밀었다.

그걸 확인한 도수의 표정이 삽시간에 굳었다.

"설마… 제 어머니의 심장 사진입니까?"

"그래. 만약 사고를 당하지 않았더라도 네 어머니는 위험했을 거야."

"……."

한 장의 CT 사진.

그 속에는 수술 전 녹아내린 엄승진의 심장과 똑같은 형태의 심장이 자리 잡고 있었다.

"설명이 필요합니다."

도수의 말에 매디 보웬이 고개를 끄덕였다.

"이제부턴 내 추측이야."

확실히 밝힌 그녀가 말을 이었다.

"네 아버지는 심장 수술의 대가였어. 어머니는 신경외과 의사였고."

"그렇다고 들었습니다."

이사장도, 이사장의 맏이도 모두 신경외과의였다. 그러니 어머니도 신경외과의가 됐을 것이다.

매디 보웬이 덧붙였다.

"미스터 엄을 수술한 네 아버지는 이상하다는 걸 느꼈겠지."

"그랬겠죠."

원인을 밝혀냈고 말고를 떠나 도수도 느낀 부분을 그 정도 수술을 해낸 실력자가 눈치채지 못했을 리 없다.

도수가 동조하자 매디 보웬이 말했다.

"이상하다고 생각한 네 아버지는 미스터 엄이 복용하던 약을 조사했을 테고. 그리고 그 와중에 출처를 알 수 없는 의문의 약물을 찾아낸 거야. 하지만 어떤 곳에서도 성분 의뢰를 받아주지 않았지."

"왜요?"

"이건 팩트인데… 그 약은 내가 근래 조사하고 있던 「브라운&윌리암슨」, 즉 세계 최고의 제약회사 B&W가 준비하고 있는 신약이었어."

"……."

도수의 머릿속에 B&W 한국 지사장 이학승의 모습이 떠올랐다. 심장 성형제를 개발하고 있는 제약회사 관계자이자 심장 성형술 관련해 계속 맞닥뜨렸던 인물.

도수가 대답이 없자 매디 보웬이 천천히 말을 이었다.

"자, 이제 다시 추측. B&W가 야심차게 준비하고 있는 신약이란 걸 알고 있는 기관들이 성분 의뢰를 받아주지 않았다면 개인적인 인맥을 동원했을 테고. 별문제가 없었던 걸로 봐선 성분 의뢰 결과는 문제없다고 나왔을 거야. 하긴, 세계 최대의 제약 회사가 그렇게 쉽게 문제가 밝혀지도록 신약을 만들진 않았겠지. 그래도 의심을 버릴 수 없었던 네 부모님은 직접 실험을 해보기로 했어."

"실험?"

"그래, 실험. 두 분이 할 수 있는 가장 확실한 방법으로."

"설마… 임상실험을 했다는 겁니까?"

매디 보웬이 끄덕였다.

"아마도."

"우리 어머니 목숨을 걸고?"

"내 생각은 그래. 실패한다 해도 최고의 흉부외과 써전인 네 아버지가 있었으니까."

"그런 만용을 부렸다고요? 아무리 뛰어난 써전이라도 원인을 밝히지 못하면 손쓸 수 없을 텐데."

"그만큼 중요한 일이니까."

충격받은 도수의 표정만큼이나 굳은 표정을 한 매디 보웬이 덧붙였다.

"이건 한두 명의 목숨이 달린 일이 아니야. 수백만… 어쩌면 수천만일지도 모르는 사람들의 목숨이 달린 일이지. 그 약하나에. 그런 약을 B&W에서 계속 신약이랍시고 만든다? 이건 앞으로 목숨을 위협받을 수억, 수조… 인류에 재앙이 될 수 있는 문제야."

"……"

"네 어머니는 아버지를 믿었겠지. 아버지가 허락했는진 모르겠지만 그래서 그녀는 그 약을 삼켰고, 한동안 복용했을 거야. 그리고 시간이 지난 뒤 심장이 이렇게 변했지."

톡, 톡.

사진을 건드리는 매디 보웬.

도수는 피곤에 찌든 얼굴을 문질렀다. 얼마나 충격을 받았으면 잠이고 생각이고 천 리 밖으로 달아났다.

"후……."

숨을 길게 뱉은 도수가 손을 치웠다.

"그래서, 뭘 원해요?"

받을 게 있으니 아직 공개하지도 않은 이런 고급 정보를 무료로 제공했을 터.

매디 보웬이 말했다.

"말했다시피 이건 어디까지나 추측이기 때문에 터뜨리진 못해. 그래서 심장 수술에 능한 네가 나를 도와주길 바랐지. 중간에 미스터 엄이 끼어드는 바람에 네가 닥터 이찬의 아들이고, 이 일과 직접적인 연관이 있다는 걸 알게 됐지만… 지금도 내가 원하는 건 똑같아. 미스터 엄의 심장에서 뭘 알아냈지?"

도수는 고개를 저었다.

"아무것도 없었습니다. 열고 수술까지 해봤지만 약물복용 흔적 같은 건 없었어요."

매디 보웬은 어느 정도 예상한 듯 중얼거렸다.

"하긴. 네가 알아볼 수 있었다면 과거 네 아버지도 알아냈겠지."

다소 아쉬운 표정.

그녀가 화제를 돌렸다.

"대단한 수술들을 했던데."

"그보다."

도수는 부모님에 대한 걸 떨쳐낼 수 없었기에 대화를 원점으로 돌렸다.

"전 어차피 미스터 엄을 치료해야 하는 주치의입니다. 미스터 엄을 치료하려면 원인은 반드시 알아내야 하고요. 원인을 알아낸다면, 그리고 그게 B&W와 정말 연관이 있다면… 계속 조사해 줄 수 있으십니까?"

"물론이야."

매디 보웬이 눈을 반짝이며 쐐기를 박았다.

"네가 지금 의사로서 자기 일을 하는 것처럼, 나도 내 일 하나는 완전히 끝을 보는 타입이라."

"좋습니다."

깔끔하게 정리한 도수는 자신이 그녀에게 줄 수 있는 최대한의 호의를 베풀었다.

"환자가 동의하는 한에서, 제가 했던 모든 수술에 대한 정보를 드리죠."

"완벽해."

두 사람의 목적이 맞아떨어지자.

매디 보웬이 엉덩이를 들썩였다.

"먼저 실례해도 될까? 이 기쁜 소식을 상사한테 전해야 하거든. B&W 한국 지사도 들러야 하고."

"너무 매너가 없는데."

"여자의 마음은 갈대라고."

"기자로서의 마음만 대쪽 같으면 됩니다."

대답한 도수가 말을 이었다.

"또 보죠."

씨 유 어게인.

어차피 머지않아 다시 만날 인연이었다.

제8장

오프 날 저녁

매디 보웬을 먼저 보낸 도수는 머리가 복잡했다. 고개를 돌려 창문을 관통해 눈을 찌르는 햇빛을 마주한 그때.

뜻밖의 전화 한 통이 걸려왔다.

—오늘 나갔다고 들었다.

이사장이었다.

"네."

필요 이상의 관심.

도수가 물었다.

"무슨 일이세요?"

—시간 괜찮으면 저녁 식사를 함께할까 하는데.

딱히 할 일이 없었던 데다 매디 보웬에게 들은 정보를 공유하는 게 맞다고 생각한 도수가 대답했다.

"좋아요."

—아홉 시, 삼성동 콘티넨털 호텔 일식당이다.

도수는 문득 이상한 점을 느꼈다. 식사 승낙을 한 건 방금 전인데 식당을 미리 예약이라도 해둔 것처럼 들렸기 때문이다.

"저 말고 다른 손님이 있는 것 같은데."

—영훈이와 영록이도 오기로 되어 있다. 임옥순 여사님과 손녀분도.

"둘이 보자고 하신 건 줄 알았어요."

도수는 눈살을 찌푸렸다.

안 그래도 머리가 복잡한 마당에 불편한 자리에 참석하고 싶지 않았다.

"죄송하지만 전 다음에 함께하겠습니다."

—불편한 건 이해한다. 하지만 이렇게 가족이 모이는 자리는 흔치 않아.

"할아버지께 따로 드릴 말씀이 있어서 가겠다고 했던 것뿐이에요. 피곤해서요."

—그래도 네가 왔으면 한다.

도수가 쉽게 허락하지 않자 이사장이 덧붙였다.

—우리 식구만 있는 자리도 아니야. 임 여사님도 널 보고

싫어 하신다. 손녀분도 마찬가지고.

수술을 깔끔하게 해줬으니 식사라도 대접하고 싶은 마음인 걸까?

어차피 임옥순 여사의 손녀인 나유하와는 일본 연수도 같이 가기로 얘기가 된 상황이기에 도수는 더 거부하지 않았다.

"…알겠습니다. 그때 뵙죠."

—그래.

전화를 끊은 도수는 다시 횡단보도를 건넜다. 그러나 병원으로 돌아가지 않고 몇 블록 떨어진 천하대학교 도서관으로 갔다.

사서에게 신분증을 제시한 도수가 말했다.

"의학 서적이 어디 있죠?"

사서는 모니터를 가리키며 대답했다.

"여기 F구역에 가시면 있습니다."

"감사합니다."

목례한 도수는 무사히 입구를 통과해 F구역으로 갔다. F구역에는 의대생들이 책을 고르고 있었다.

개중 도수와 가까이 있던 여학생이 고개를 돌리다 눈을 치떴다.

"어……."

그녀가 친구의 옆구리를 쿡쿡 찔렀다.

남학생이 나란히 도수를 발견하고 입을 쩍 벌렸다.

"이도수 교수님?"

엄연히 말하면 도수는 교수가 아니었다. 직급이야 교수직을 뛰어넘는 과장급이었지만 전문과정을 수료하지 않았기에 학생들을 가르칠 자격이 안 되는 것이다. 그럼에도 도수는 학생들 사이에서 '교수'나 '센터장'으로 불렸다.

"나 잠깐만."

남학생에게 양해를 구한 여학생이 도수에게 다가왔다.

"저, 죄송하지만……."

모른 척하려던 도수가 고개를 돌렸다.

"예."

"이도수 센터장님 맞으시죠?"

속삭이는 여학생.

만약 도서관이 아니었다면 환호를 질렀을지도 모른다. 그녀의 얼굴은 홍시처럼 새빨갛게 물들어 있었다.

도수가 고개를 끄덕이자.

여학생이 말했다.

"와, 존경해요."

"저를 아세요?"

"당연하죠. 학생들 중에 센터장님 모르는 학생은 없을 걸요? 한국 들어오시기 전부터 알았어요. 저희 병원으로 오신 후에는 수술 참관도 했었고요."

아마 심장 성형술을 펼쳤을 때 참관했던 학생들 중 한 명인 것 같았다. 당시 과장들과 더불어 특정 수업을 듣고 있던 학생들이 참관을 왔다고 들었다.

고개를 끄덕인 도수가 책장을 가리켰다.

"책을 좀 빌리러 와서."

"아, 네! 방해 안 할게요."

뻘쭘하게 물러난 여학생이 덧붙였다.

"그래도 이 말씀은 꼭 드리고 싶었어요. 센터장님 덕분에 제 진로를 정했어요. 인턴 마치고 응급외상센터에 지원할 거예요."

제발 그 생각이 변치 않길.

도수가 보기엔 인턴 실습이 끝나기도 전에 마음이 바뀔 확률이 구십구 퍼센트 같았지만, 그는 굳이 희망을 꺾지 않았다.

"병원에서 봅시다."

눈앞의 여학생이 내년에 졸업한다 해도 응급외상센터에 오려면 일 년의 인턴 기간과 두 번의 심적 고비가 남아 있었다. 학점이나 인턴 점수는 크게 상관없다. 응급외상센터는 천하대병원 내에서도 독립적인 단체인 데다 좀처럼 지원하지 않는 비인기 분과였으니 면접만 합격하면 오케이다. 다만 두 번의 심적 고비는 인턴 과정을 통해 응급외상센터의 실상을 알고도 지원하느냐는 것. 그리고 들어와서 실상을 직접 몸으로 겪고도 그만두지 않느냐는 것이다.

아로대학병원 응급외상센터의 데이터를 고려해 보면 본인이 자원을 하고도 한 달 내에 그만두는 사람이 열 명 중 여덟, 아홉 명이었다. 당시 센터장은 김광석. 그는 이 문제로 적지 않은 스트레스에 시달렸다.

별일이 없다면 앞으로 도수가 겪을 문제기도 했다.

그러나 도수는 학생을 설득하지 않았다. 어차피 사람 마음은 끊임없이 달라지고, 본인이 간절히 원치 않으면 소화할 수 없는 센터 생활이기에. 일일이 설득하고 기대하면 자신만 지칠 거라고 여긴 것이다.

학생들은 도수를 만난 것이 신기한지 괜히 주위를 맴돌며 힐끔거렸다. 결국 책을 빨리 고른 도수가 먼저 도서관을 나섰다.

그가 고른 서적은 굳이 분류하자면 모두 내과 서적이었다. 더 정확히 말하면 지금껏 개발된 약물에 대한 논문과 사례들이 실려 있는 서적이었다.

*　　　*　　　*

저녁 여덟 시 오십 분.

도수는 콘티넨털 호텔에 도착해 엘리베이터를 타고 올라갔다.

스카이라운지에 위치한 일식당에 도착하자 종업원이 그를 가장 전망이 좋은 방으로 안내해 주었다.

드르륵.

문을 열고 들어서자.

먼저 와 있던 정영록과 정영훈이 동시에 고개를 돌렸다.

"이게 누구신가."

정영록이 입꼬리를 비틀며 말했다.

반면 정영훈은 얼굴에 화색을 띠었다.

"우리 천재 써전님 오셨군. 여기 앉아."

옆자리를 툭툭 두드리는 그.

도수가 자리에 앉기 무섭게 정영록이 말을 시켰다.

"얼마 전에 또다시 검증되지 않은 수술을 했다고?"

"……."

대답이 없자 그가 다시 물었다.

"환자가 카데바야?"

해부학 실습용 시체를 뜻하는 카데바.

도수가 미간을 찌푸리자, 정영훈이 둘 사이로 끼어들었다.

"또 왜 이래? 모처럼 한 가족이 모였는데 삭막한 일 얘긴 접어둡시다."

"넌 빠져."

정영록이 이를 드러냈지만 정영훈은 눈썹 한 올 까딱하지 않았다.

"싫은데."

형제 사이에 전류가 흘렀으나 도수는 개의치 않았다. 그들

오프 날 저녁 161

관계에 끼고 싶지 않을뿐더러 시비조인 정영록과 말을 섞고
싶지도 않았다.

조용히 물잔을 들어 올리는데.

드르륵, 다시 문이 열리며 이사장과 임옥순, 그녀의 손녀가
들어섰다.

"다들 왔군요."

이사장의 말에 임옥순이 빙그레 미소를 지었다.

"그러게요. 이렇게 한자리에 모이기 힘든 분들인데. 제가 무
리한 부탁을 한 건 아닌지 모르겠어요."

"별말씀을 다 하십니다. 앉으시죠."

그들이 착석하고.

정영록과 정영훈이 신경전을 마쳤다.

도수 맞은편에 앉은 나유하는 그를 보며 미소를 띠었다.

"오셨네요?"

도수가 고개를 끄덕였다.

그러자 나유하가 끈질기게 말을 붙였다.

"워낙 바쁘셔서 못 오실 줄 알았어요."

"오프였습니다."

"그건 들었어요."

빙긋.

다시 한번 웃는 나유하.

반면 도수는 표정 변화가 없었다. 내심 의아하게 생각할 따

름이었다.

'어떻게?'

도수가 오프인 걸 알았다는 것은 누군가 말을 해줬다는 뜻
이다.

이사장을 바라보자.

이사장이 그의 시선을 외면하며 입을 뗐다.

"여사님, 저희 병원에 아사다 류타로 씨가 방문하셨습니다.
지금도 병원 응급실에 상주하면서 손을 빌려주고 계시고요."

"그래요?"

임옥순이 고개를 갸웃했다.

"그 사람이 그리 부지런한 인사가 아닌데……."

물론 세계 최고 수준의 써전으로 인정받는 만큼 부지런한
사람일 터였다. 다만 그녀가 의문을 갖는 건 그가 남 일에 굉
장히 무심한 남자이기 때문이다.

가만히 생각에 잠겼던 임옥순이 도수에게 시선을 보냈다.

"그런 거물을 움직일 정도로 우리 이 선생님 명성이 자자한
것 같네요."

"아닙니다."

겸양하는 도수.

이사장이 개입했다.

"하하하하. 센터장이 이렇습니다. 대외적인 명성이나 권력에
아무런 관심이 없어요. 사람이 수더분한 건가 싶다가도 수술

하는 걸 보면 그런 말이 안 나옵니다."

"제가 수술받은 당사자니 잘 알죠. 정말 죽는 줄 알았어요. 이렇게 맛있는 음식을 앞에 두고 웃으며 이야기할 수 있는 것도 모두 센터장님 덕분이에요."

"여사님이 평소에 꾸준히 건강관리를 하시니 회복이 빠른 것도 있지요."

"그런가요?"

하하 호호 웃는 두 사람.

도수는 이사장을 보며 고개를 갸웃했다.

'왜 이렇게 오버하시지?'

평소의 이사장답지 않았다.

잠깐 임옥순 여사의 사회적 위치 때문인가 생각하다가도, 그 이상의 뭔가가 있는 눈치였다. 만약 단순히 두 가족이 모인 자리였다면 정영록과 정영훈을 들러리처럼 놔두진 않았을 테니. 지금 두 사람은 완전 논외였다.

역시나 임옥순 여사는 이번에도 도수를 응시했다.

"이 선생님이 이제 스무 살이죠?"

"네."

"우리 유하랑은 세 살 차이밖에 안 나요. 그런데 벌써 각종 언론에서 집중하는 외과의인 데다 센터장이라니… 기분이 어때요?"

"전 병원에만 있어서."

"잘 못 느끼죠?"

"네. 신경 쓸 겨를도 없고요."

"하긴. 응급실을 찾는 환자가 한둘이 아니니 그럴 것 같아요. 하지만 적지 않은 관심을 받으면서 그렇게 자기 일에 묵묵히 집중하기란 쉬운 일이 아니죠. 어린 나이에는 더더욱. 주변 시선에 예민하고 하고 싶은 것도 많은 나이잖아요."

"주변에 일일이 신경 쓰다 보면 제 일에 소홀해질 수밖에 없다고 생각해요."

"흔들리지 않고 일변도를 걷는다."

정리한 임옥순이 흡족한 표정을 지었다.

"보기 좋아요. 믿음직스럽고."

고개를 끄덕인 나유하가 거들었다.

"할머니한테 병실도 비워달라고 하셨는데요. 아! 감탄한 거예요. 좋은 쪽으로."

웃음이 터졌다.

그러나 정영록은 웃지 못했다.

'될 놈은 자빠져도 처녀 치마폭으로 자빠진다더니……'

지금 이 자리의 주인공은 도수였다. 모든 화제는 도수에게 집중되어 있었다. 정작 주변 시선에 아무 관심도 안 보이는 놈이 스포트라이트를 받고 있는 것이다.

안 그래도 후계자 자리를 위협받고 있다고 느끼던 정영록의 촉이 경고하고 있었다.

같은 이사장 핏줄에, 힘을 가진 사람들과 인연을 만드는 운 발, 누구보다 뛰어난 실력, 심지어 나이까지 어린 도수는 어느 면에서 보든 정영록은 상대가 안 되는 스펙을 가졌다고.

그렇게 잔뜩 곤두서 있었기에, 정영록은 눈치챌 수 있었다.

'설마… 오성그룹이 저 자식을 탐내고 있는 건가?'

그는 시선을 돌렸다.

이사장은 일견 웃고 있었지만 가는 눈매 사이로 예사롭지 않은 눈빛을 드러내고 있었다.

'이건 단순한 식사 자리가 아니다.'

두 집안 모두 사회적인 파장을 끼칠 수 있는 재벌가.

도수는 별생각이 없는 듯했으나, 그런 집안에서 자라온 정 영록이나 정영훈은 양가 집안이 만난 자리가 단순히 친목을 다지기 위해서라는 순진한 생각을 하지 않았다.

'저놈이 오성까지 등에 업으면……'

정영록으로선 생각만 해도 끔찍했다.

그가 불안감을 느끼는 사이.

아랑곳하지 않은 도수가 말했다.

"그땐 감사했습니다. 덕분에 다른 환자가 안정적인 치료를 받을 수 있었어요."

"아녜요. 신문에 대서특필된 덕분에 나도 이미지 쇄신을 했 으니까."

빙그레 웃은 임옥순이 천천히 본론을 꺼냈다.

"우리 유하랑 오빠 동생처럼 지냈으면 해요. 나이도 비슷하고, 유하가 선생님한테 여러 가지로 배울 점이 많을 것 같아요. 선생님도 바쁘시겠지만 유하도 일찍부터 여러 가지 공부를 하느라 친구 사귈 시간도 없었거든요."

미리 얘기가 된 건지, 이사장 역시 고개를 주억거렸다.

"센터장도 오랫동안 외국에 있다 와서 한국에 아는 사람이 많지 않으니… 두 사람이 이번 일본 연수를 계기로 좋은 친구가 되면 좋지요."

나유하에 대한 도수의 감정 역시 좋지도, 나쁘지도 않았기에 굳이 무안을 줄 이유는 없었다.

"그렇게 할게요."

짤막한 대답.

나유하는 느낄 수 있었다.

도수가 자신에게 호기심조차 없다는 것을.

물론 그녀 또한 도수에게 각별한 애정이 있는 건 아니었지만 호기심과 호감 사이의 감정 정도는 됐다. 그래서 이 자리도 불편함을 감수하고 나왔던 건데 도수가 너무 무심해 보이자 입술이 삐죽 나왔다.

'치.'

도수는 다른 사람들과 달라도 너무 달랐다. 오빠, 동생, 친구 할 것 없이 나유하를 보면 친해지려 한다. 그녀의 청순한 외모와 화려한 집안은 뭇 남성의 시선을 끌기 충분하고도 넘쳤다.

반면 좀처럼 눈길도 주지 않는 도수.

그런 그가 뜻밖에 입을 열었다.

"안 그래도 일본 연수에 관해 얘기 좀 나누려고 했는데… 실례가 안 된다면 둘이 차 한잔해도 될까요?"

생각지도 못한 반응에 이사장은 화색을 띠었다.

"그래. 그게 좋겠구나. 따로 얘기할 시간도 없을 텐데."

"여긴 신경 쓰지 않아도 된다."

임옥순이 거들자.

목례한 도수는 나유하에게 눈치를 준 뒤 함께 룸을 나갔다.

드르륵.

문이 닫히기 무섭게 감정을 억누르고 있던 정영록이 입을 뗐다.

"누가 되지 않는다면 한 가지 여쭙고 싶습니다."

그는 어려서부터 몸에 밴 것처럼 공손했다. 도수가 두 어른을 대할 때완 다른 태도였다.

그럼 뭐 하겠는가?

이미 두 어른의 눈길은 도수에게 머물러 있는데.

이사장이 고개를 끄덕였다.

"말해라."

정영록이 조심스럽게 물었다.

"혹시… 양가의 혼사를 염두하고 계신 건지."

"그게 인력으로 될 일이냐."

이사장이 조용하란 말을 돌려서 한 그때.

뜻밖에도 임옥순이 치고 들어왔다.

"물론 남녀 일이 뜻대로 되는 것은 아니지만… 두 아이가 실과 바늘처럼 잘 어울린다면요?"

이사장은 일순 흠칫했다. 그러나 곧 당황한 기색을 지우고 대답했다.

"그것도 인연이니 기쁘고 감사한 일 아니겠습니까?"

"정말 그렇게 생각하세요?"

"무슨 말씀이신지……."

이사장이 조심스럽게 되묻자 임옥순이 어깨를 으쓱였다.

"저는 이사장님이 이도수 선생을 많이 아끼시는 것 같아서요. 같은 입장이니 하는 말이지만 품 안의 자식을 잃는 기분이 들 수도 있잖아요."

미소 띤 그녀.

역시, 보통 여자가 아니었다.

그저 집안 어른의 입장처럼 얘기했으나 내막에는 도수를 탐내는 욕심이 깃들어 있었다.

이사장은 쓴웃음을 지으며 대답했다.

"손자 녀석들이 있는 자리에서 이런 질문을 받게 될 줄은 몰랐습니다."

"불편하시면 대답하지 않으셔도 됩니다."

"불편할 게 있겠습니까."

자리에 남은 손자들의 면면을 일별한 이사장이 임옥순에게 말했다.

"제 생각에는 후계 문제를 말씀하시는 것 같은데, 아직 결정된 게 없어서 조심스러울 뿐입니다. 직책이 이사장이라 해도 엄연히 경영진과 병원 중역들이 있는데 혼자 결정할 수 있는 사안이 아니니까요."

"음… 이사장님께선 이 선생을 후임으로 염두하고 계신다는 말처럼 들리네요."

임옥순은 집요했다.

그에 이사장이 다시 한번 두루뭉술하게 대답했다.

"센터장도 병원에서 중책을 맡고 있으니 후보가 될 수 있겠지요. 하지만 꼭 혈육에게 이 자리를 물려줘야 하는 건 아니라고 봅니다. 모두와 상의해서 이 자리의 중압감을 견디고 책임을 다할 수 있는 사람. 이사장 자리에 어울리는 사람을 선발해야겠지요."

"흠."

임옥순은 미소를 거뒀다. 돌아온 답변이 정론이라 더 캐묻고 싶지 않았다. 하긴, 두 손자가 똑똑히 듣고 있는 자리에서 후계자를 도수로 못 박는 것은 멍청한 짓이다. 하지만 그녀는 이사장의 표정이나 태도에서 도수를 중히 염두에 두고 있음을 간파할 수 있었다.

정영록 역시 같은 생각을 했는지 표정이 굳어졌다.

'이 아이는 속내를 숨기지 못하는군.'

그를 보던 임옥순은 옆으로 시선을 옮겼다.

정영훈은 아무 말도 못 들은 것처럼 물을 홀짝이고 있었
다.

'이쪽이 나은 것 같기도.'

딱 여기까지.

어차피 남 일이다.

그녀가 원하는 건 도수였다.

마음 같아선 나유하를 도와 오성그룹의 의료 재단에 큰 힘
이 되어줬으면 하는 바람이 있었다.

그리고 지금 도수의 명성만 해도 충분히 도움이 된다.

물론 이사장도 그걸 알기에 속내를 감추는 것일 테지만.

임옥순은 불필요한 기 싸움을 하지 않기로 했다.

"개의치 마세요. 보기 드물게 훌륭한 손자분을 두셔서 제
가 주책을 부렸습니다."

"별말씀을… 유하야말로 곧고 예쁘게 잘 자랐습니다. 다만
도수와도 이런 얘길 나누지 않아서 뭐라 드릴 말씀이 없었던
것뿐입니다."

더 정확히 말하면 도수 쪽에서 관심이 없다는 걸 너무 잘
알고 있었다.

그래서인지 이사장의 어조에서 씁쓸한 감정이 묻어났다.

재단이나 병원을 물려주는 건 하루아침에 성사되는 일이 아니었다. 이사장 자리나 병원장 자리는 단순히 수술 잘한다고 수행할 수 없는 자리. 오히려 의사로서의 능력보단 정치적인 능력, 경영 측면의 능력이 필요했다.

'소양을 갖추자면 미리미리 준비해야 하거늘.'

이사장은 도수가 나간 문 쪽을 흘깃 보았다.

아로대학병원장을 해임시킨 건, 그리고 협상 끝에 천하대병원 센터장 자리를 안고 들어온 건만 봐도 막내 손자의 재능을 알 수 있었다. 더구나 이사장인 자신과 협상을 할 정도로 대담하고 냉철하고 영리하다.

그럼에도 본인은 관심조차 안 보이니.

이사장은 목이 타서 물만 들이켤 따름이었다.

* * *

갑갑한 식당을 벗어난 도수는 나유하와 호텔 로비의 카페로 갔다.

나유하는 주문을 하고 앉자마자 도수를 유심히 뜯어봤다.

"흐음."

"제 얼굴에 뭐 묻었어요?"

도수가 묻자 그녀가 고개를 저었다.

"이상해서요."

"뭐가?"

"제 입으로 얘기하긴 자존심 상하는데."

"피차 자존심 상할 거리는 없을 것 같은데요."

"이거 봐."

나유하가 말을 이었다.

"저랑 그다지 친해지고 싶어 하지 않는 것 같은데 단둘이 커피 마시자고 하는 게 이상하잖아요."

도수는 부정하지 않고 고개를 끄덕였다.

그가 순순히 수긍하자 나유하가 미간을 찡그렸다.

"인정하는 게 더 기분 나쁘네. 일본 연수는 핑계였죠?"

"아시다시피."

"그럼 왜 저랑 커피 마셔요?"

"얘길 좀 할까 해서요."

"무슨 얘기?"

"제가 오해했으면 정정해 줘요."

그렇게 양해를 구한 도수가 본론을 꺼냈다.

"제가 보기에 두 어른이 우릴 이어주려고 하시는 것 같던데."

"잘 아시네요."

"알고 있었어요?"

"여기 와서 알았어요."

도수는 고개를 끄덕였다.

"하긴. 알았으면 안 왔겠지."

"왜 그렇게 생각하는데요?"

"아직 어리고 예쁜데 이런 부담스러운 자리를 반길 것 같진 않아서."

나유하의 표정이 묘하게 변했다.

"나이 차도 얼마 안 나면서. 칭찬이에요?"

"사실입니다."

"……!"

나유하가 볼에 홍조를 띤 채 고개를 절레절레 저었다.

"기분 나빴는데 풀렸어요. 예뻐 보이긴 하나 봐요?"

"예뻐 보이는 게 아니라 예쁜 겁니다."

"그게 그거죠."

"자존심 상할 필요 없다는 뜻이에요."

"자상하기까지? 지금 제 얘기 기억하고 배려해 주시는 거예요?"

이번에는 도수가 고개를 저었다.

"그냥 각자 입장만 생각하기로 하죠."

그가 말을 이었다.

"지난번에 보니 할머님이 애정을 많이 주시는 것 같던데."

"지나치죠."

"그래서 말인데, 할머님 말씀에 너무 의미 두지 않았으면 합니다."

"무슨 말인지 이해를 못 하겠는데 설명 좀 해주세요."

"오성그룹 손녀, 천하대병원 이사장 손자. 이런 타이틀 말고 자연스럽게 지내잔 거예요."

"아하."

나유하가 고개를 갸웃했다.

"하지만 오성그룹 손녀인 것도, 천하대병원 이사장 손자인 것도 사실이잖아요? 말씀하셨던 것처럼 제 나이 꽃다운 열일곱이에요. 열일곱 살에 이런 자리에 불려 와서 선보듯 마주 앉아 있는 자체가 이미 자연스러움을 벗어났어요. 안 그래요?"

"그건 그렇지만."

"그러니까."

말을 자른 나유하가 덧붙였다.

"전 그리 자유롭지 않다는 뜻이에요. 센터장님은 이사장님 눈치를 안 볼지 몰라도 전 할머니 눈치를 엄청 보거든요. 할머니가 원하시면 전 자존심이 상해도 센터장님한테 연락을 하고 친분을 쌓아야 한다는 의미죠."

"……"

나유하의 말처럼 이미 자연스럽지 않기 때문일까.

도수는 전혀 이해할 수 없었다.

"왜 할머님 말씀에 무조건적으로 따라야 하는 겁니까?"

"제 할머니가 그랬고, 제 어머니도 그랬으니까요. 센터장님 운명은 센터장님의 것이겠지만 제 운명은 제 것이 아니에요."

"본인 운명이 본인 게 아니라고요?"

"그래요. 집안이 정해준 사람을 만나고, 정해진 혼처로 시집을 가죠. 우리 집안 사업을 함께 이끌어 나갈 재량이 되는 사람. 혹은 우리 집안을 더 부유하게 만들어줄 사람. 그런 사람이 어디 흔한가요? 그런 사람을 만나야 하니까, 그래서 전 선택권이 없는 거예요."

"저는 자격 미달 같은데."

"할머니 눈에는 아닌가 보죠."

"음."

도수가 침묵하자 그녀가 한숨을 내쉬었다.

"그렇다고 저한테 무조건 협조하란 뜻은 아니에요. 센터장님은 자유롭게 하세요. 저는 할머니 말을 들을 테니까. 그러니 또다시 저를 이런 자리에서 만난다고 해도 저를 이상하게 생각하진 말아주세요."

그렇게 말한 나유하가 덧붙였다.

"…오늘 같은 이런 얘기도 하지 말아주시고요. 선생님 입장은 잘 알았어요. 된 거죠?"

"……."

도수는 그녀를 천하대병원에서 봤을 때 느꼈던 분위기의 정체를 알 수 있었다.

엘리베이터에서, 그녀는 새장에 갇힌 새 같았다. 오늘 그러하듯. 그리고 임옥순 병실에 갔을 때, 그녀는 마치 말 잘 듣는 강아지 같았다. 그녀에 대한 임옥순의 사랑은 의심할 여지가 없었지만 정작 나유하는 항상 억압된 것처럼 보였던 것이다.

도수가 말했다.

"미안합니다."

진심 어린 사과였다.

본래 의도에서 벗어났지만 나유하에게 상처를 준 셈이다.

그러나 그녀는 크게 개의치 않았다.

"선생님이 뭘 하셨다고요. 저한테 이런 일은 아무것도 아니니까 신경 쓰지 마세요. 그런 표정 짓지도 마시고."

"……."

"일어날까요?"

끄덕.

도수는 군말 없이 일어났다.

커피숍으로 자리를 피한 건 그 자리가 불편해서가 반, 나유하에게 자신의 입장을 분명하게 전하기 위해서가 반이었다.

안 그래도 복잡했기 때문이다.

매일 발생하는 환자들을 구조해서 구명할 사명이 있고 입원해 있는 환자들을 어떻게 완치시킬지도 고민해야 했다.

엄승진 환자를 비롯해 부모님과 끈질기게 연관되는 B&W도 신경이 쓰였다.

뿐만 아니라 그가 책임지는 응급외상센터도 앞으로 가야 할 길이 산 넘어 산이었다.

이런 그에게는 집안 문제나 나유하가 들어올 자리가 없었다.

그래서 간단히 입장 정리를 하고 넘어가려 한 것뿐인데 대화를 시작하기 전보다 가슴이 훨씬 더 답답하고 묵직해진 것이다.

'그냥 밥이나 먹을걸.'

오랜만에 후회란 걸 해보는 도수.

그런 그에게 나유하가 활짝 웃었다. 언제나처럼 밝은 미소를 보인 그녀가 손을 내밀었다.

"또 봐요."

"그러죠."

도수가 손을 맞잡자 그녀가 덧붙였다.

"제가 너무 감정이 격해졌던 거예요."

"알아요."

마주 웃은 두 사람은 손을 놓고 함께 회전문 밖으로 나왔다.

첫눈이 내리고 있었다.

어느새 호텔 앞에 대기하고 있는 고급 세단.

나유하가 물었다.

"데려다드릴까요?"

"아뇨."

도수가 고개를 저었다.

"제가 살던 곳에선 눈을 볼 수 없었거든요. 눈 좀 맞고 싶어서."

"젖고 찝찝할 텐데."

중얼거린 나유하가 어깨를 으쓱였다.

"뭐, 그것도 운치죠. 그럼 전 먼저 갑니다!"

씩씩하게 말하는 그녀.

도수가 손을 흔들었고.

나유하는 차를 타고 떠났다.

그 자리에 잠시 서 있던 도수는 천천히 걸음을 옮겼다.

눈 내리는 거리는 반짝이는 불빛으로 아름답게 빛나고 있었다.

이 아름다운 날에도 병원은 북적일 것이다.

아니, 오히려 더 많은 사람들이 실려 오겠지.

어느새 도수는 병원 쪽으로 걷고 있었다.

뽀드득, 뽀드득.

굳이 눈을 밟으며 한참을 그렇게 걸었다.

주머니 속 핸드폰이 울리기 전까지.

지이이이잉. 지이이이잉.

전화를 받자.

─센터장님, 큰일 났습니다.

착 가라앉은 목소리의 주인공은 이시원이었다.

"들어가려고 했습니다."

도수가 대답했지만.

이시원의 목소리는 좀처럼 풀리지 않았다.

—네, 들어오셔야 할 것 같습니다. 그것보다 정말 큰일입니다. 지금 TV나 인터넷 좀 보십시오. 이건 정말…….

이시원은 말을 잇지 못하고 울먹이고 있었다.

'대체 무슨 일이기에.'

심상치 않은 느낌을 받은 도수는 전화를 끊을 생각도 못하고 대로변으로 뛰어나갔다.

"택시!"

제9장

서쪽에서 발생한 사고

택시를 탄 도수가 핸드폰을 귀에 붙인 채 말했다.

"천하대병원이요."

"알겠습니다, 손님."

부르릉.

택시가 출발하자.

도수가 수화기에 대고 물었다.

"무슨 일입니까?"

ㅡ서해에서 인천으로 들어오던 배 한 척이 침몰 중이라고
합니다.

서해?

천하대병원이 있는 곳은 서울이다.

그렇다면.

"지원 요청이 들어온 겁니까?"

—그렇습니다. 한데 상황이 정말 안 좋습니다. 눈이 내리는 데다 안개도 자욱하고 바람도 많이 불어서……

말을 잇지 못하는 이시원.

천하대병원 응급외상센터는 아로대학병원 응급외상센터와 더불어 국내에 둘뿐인 권역 센터다. 그러니 헬기가 배정된 것이고.

즉, 필요한 경우 서울뿐 아니라 경기권까지 손길을 뻗을 수 있다는 의미다.

도수가 말했다.

"일단 출동 준비 서둘러 주세요."

헬기로 가면 오래 걸릴 거리는 아니다.

이시원이 대답했다.

—예, 알겠습니다. 그런데 문제는 기상 악화 때문에 기장들이고 항공청이고 비행을 금지하고 있습니다. 부원장님도 돌아가는 상황을 좀 더 지켜보자고 하시고요. 센터장님을 호출하라고 한 건 김광석 교수님이십니다.

김광석 교수의 뜻을 알 수 있었다.

이사장과 직통으로 대화를 나눌 적임자가 필요한 것이다.

도수가 대답했다.

"알겠습니다. 일단 준비해 주세요."

―예……!

전화를 끊은 도수는 즉시 이사장에게 전화를 걸었다.

신호음이 가고 이사장의 목소리가 들려왔다.

―소식 들었다.

"지금 어디세요?"

―들어가는 길이다. 너는?

"저도 들어가고 있습니다. 병원에서 연락 온 바로는 출동이 힘들다고 하거든요."

―이런 악천후에 헬기를 띄우는 건 위험하다.

"지금 배가 가라앉고 있다잖아요?"

―…….

"이 날씨에 구조가 늦어지면 다 죽을 겁니다."

부상자도 많겠지만 꼭 부상을 당하지 않았어도 배가 완전히 침몰하면 물에 빠진 사람들의 체온은 계속 떨어질 것이다.

이는 이사장도 알고 있는 부분이었지만 어쩔 도리가 없었다.

―항공청에서 막는 걸 어떻게 하란 말이냐. 나도 안타깝다. 부원장이 조금만 빨리 대처했어도 몇 대는 떴을 텐데…….

어조에서 안타까움이 묻어났으나 지난 일을 후회해 봐야 소용없다.

도수가 말했다.

"알겠습니다. 제가 방법을 찾아보죠."

―어떻게?

"그건… 나중에 말씀드리겠습니다."

―알겠다.

다시 전화를 끊을 때쯤.

택시는 병원 앞에 도착해 있었다.

택시비를 계산한 도수가 차에서 내려 어딘가로 전화를 걸었다.

그는 응급실로 걸어 들어가며 말했다.

"이도수입니다."

―이렇게 빨리 다시 연락하게 될 줄은 몰랐는데.

매디 보웬이었다.

도수가 물었다.

"뉴스 보셨죠?"

―물론. 넌?

"전 아직 못 봤습니다만 대략적인 상황은 압니다."

―안 그래도 현장으로 가고 있던 참이야.

"부탁 하나 들어줄 수 있을까요?"

―부탁? 사고와 관련된 거겠지?

"네."

부스럭거리던 매디 보웬이 물었다.

―무슨 부탁인데?

"미군에 헬기 요청을 하고 싶습니다."

—이런.

매디 보웬이 곤혹스러운 말투로 대답했다.

—그건 내 소관이 아니야. 아는 사람 통해서 요청해 보긴 하겠지만 너무 기대하진 말고.

"알겠습니다."

도수가 전화를 끊었다.

그 주위로 김광석, 강미소가 다가와 있었다.

먼저 입을 연 것은 김광석이었다.

"방법을 찾은 거냐?"

"아뇨. 확실치 않습니다."

"…빨리 가야 할 텐데."

강미소 역시 손톱을 뜯으며 말했다.

"승객만 오백 명이 넘는다고 했어요. 이대로 있으면 대형 참사로 이어질 거예요."

"이시원 선생은요?"

도수가 묻자 그녀가 대답했다.

"인턴 둘 데리고 출동 준비 하고 있어요. 조근현 교수님도 여기저기 알아보신다고 전화 돌리고 계시고……."

"아사다 선생은요?"

"모르겠어요. 아까 환자 보러 가셨는데."

그 순간.

호랑이도 제 말 하면 온다고.

양반은 못 되는지 아사다 류타로가 달려왔다.

"어쩌면 방법이 있을 것 같습니다!"

그는 화색을 띠고 있었다.

뜻밖의 말에 모두가 고개를 돌렸다.

그리고 도수가 물었다.

"무슨 방법이요?"

"엄승진 환자가 깨어났습니다!"

"그게 정말입니까?"

희소식이었다.

그러나 지금은 마냥 기뻐할 수 없는 상황.

아사다 류타로가 고개를 끄덕이며 말했다.

"엄승진 환자는 CIA고요……! TV를 보다 저한테 상황을 묻고는 바로 어딘가로 연락을 취하더라고요. 헬기가 출동할 수 있도록 힘써보겠다면서……."

도수의 눈이 반짝였다.

엄승진이 나섰다면 한국보단 미국 측에 연락을 했을 것이다.

대사관일 확률이 높았다.

대사관은 다시 주한미군에 연락을 할 테고.

매디 보웬에 이어 엄승진까지 힘을 쓴다면, 어쩌면 좋은 소식을 만들 수 있을지 몰랐다.

"갑시다."

도수는 아사다 류타로를 대동하고 엄승진을 찾아갔다. 엄
승진은 침대에 누워 있었다.

도수를 본 그가 대뜸 말했다.

"기다려 보십시오. 대사님께 연락을 해서 상황의 심각성을
알렸습니다."

"감사합니다."

고개를 숙여 보인 도수가 물었다.

"몸은 좀 어떠신지."

"선생님 덕분에 아주 좋습니다."

"아직 완치된 건 아닙니다."

도수의 말에 엄승진이 흠칫했다.

"뭐가 더 남았습니까?"

"…가슴을 열고 수술을 했지만 뭐가 환자분의 심장을 녹였
는지 밝혀내질 못했습니다. 비대해진 심장을 절제하는 수술
을 성공한 후에도 심장이 녹아내린 것처럼, 원인을 찾지 못하
면 또 다른 문제가 발생할 수 있습니다."

"이런……."

엄승진의 표정이 어두워졌다.

"살날이 얼마 남지 않았을 수도 있겠군요."

"너무 비관적으로 생각하진 마세요. 최선을 다해 원인을 찾
아낼 겁니다."

"말씀만이라도 감사합니다. 지난번에는… 감정이 격해져서 무례를 범했습니다. 죄송합니다."

"괜찮습니다."

잠시 뜸을 들이던 도수가 덧붙였다.

"환자분 입장에선 답답할 수밖에 없으니까요."

"이해해 주셔서 감사합니다. 참… 희한하군요. 대사관에는 제가 그 배에 타고 있다고 얘기했는데."

"예?"

"아직 제가 한국에 온 행적은 CIA밖에 모르는 상태입니다. 대사관에선 제가 어디서 뭘 하고 있는지 모른다는 뜻이죠. 그래서 거짓말을 좀 했습니다. 그래야 움직여 줄 것 같아서."

"아아."

"…그런데 진짜 저 사람들처럼 목숨이 위태로운 상황이었군요."

"일단 수술은 성공했으니까 시간을 번 셈입니다. 바로 문제가 생기진 않을 거예요."

그렇게 안심시킨 도수는 고개를 돌려 TV를 보았다. 뉴스에선 끊임없이 속보를 내보내고 있었다. 그러나 정작 구조대도, 의료 팀도 움직일 수 없는 상황이니 실용적인 정보는 전무했다.

"시간만 가는군."

김광석이 초조하게 말했고.

도수도 고개를 끄덕였다.

그런 그때.

휴대폰이 울렸다.

"이도수입니다."

―역시 안 됐어.

도수의 표정이 어두워졌다.

"이유는요?"

―군사 목적이 아닌 구조 목적으론 헬기를 띄울 수 없대. 한국 정부에 요청하라고 하더라.

"젠장."

―…처음부터 개인이 해결할 수 있는 일이 아니었어.

"다시 연락드릴게요."

―그래.

뚝.

전화를 끊은 도수가 엄승진을 바라봤다. 이제 희망은 그밖에 없었다.

그리고 잠시 후.

엄승진의 전화기가 울렸다.

엄승진이 고개를 끄덕이자 아사다 류타로가 스피커폰을 켰다.

―미스터 엄.

"어떻게 됐습니까?"

ㅡ거기 상황은 어떤가?

"안 좋습니다."

　ㅡ이런 젠장. 주한미군 총사령관에게 직통으로 문의를 해놓긴 했는데. 사령관이 직접 천하대병원으로 연락을 주겠다더군. 아무리 사령관 재량이라 해도, 이 일로 병력 손실이라도 발생하면 책임을 고스란히 떠안을 텐데 승낙하기 힘들 거야.

"……"

　ㅡ왜 대답이 없어? 자네는 얼마 전까지 현장 요원이었잖아? 포기하지 말고 어서 다른 방법을 찾아보게!

"일단… 알겠습니다. 감사합니다."

　ㅡ빌어먹을! 얼마나 버틸 수 있을 것 같은가?

대사는 순진한 질문을 던졌다.

계속해 엄승진이 현장에 있는 줄 아는 것이다.

무사히 속았기에 엄승진은 최후의 보루로 감정에 호소했다.

"잘 모르겠습니다. 절박합니다."

　ㅡ내 최대한 손써보겠네.

"부탁드립니다."

뚝.

전화를 끊은 엄승진이 도수를 보며 고개를 저었다.

대사가 힘써본다고 약속하긴 했어도 힘들 거라는 뜻이다.

모든 희망이 사라지자 이제 TV 화면을 보며 오백 명이 넘는 사람들이 대참사에 휘말리는 걸 두 손 놓고 지켜보는 것밖에 할 수 있는 일이 없었다.

"제기랄."

김광석이 평소의 그답지 않게 욕설을 뱉었다.

모두의 마음을 대변하는 한마디였다.

바로 그 순간.

병실 문을 거칠게 밀치며 간호사 이하연이 들이닥쳤다.

"센터장님!"

모두의 시선이 주목되자.

그녀가 숨을 고를 생각도 못하고 다시 외쳤다.

"헉, 허억… 그… 주한미군에서 연락이 왔어요! 헬기 띄우겠
다고!"

병실 안에 있던 사람들은 영문을 몰라 서로의 얼굴을 바라
볼 뿐이었다.

"그게 정말인가?"

김광석이 묻고.

이하연이 대답했다.

"네! 후우, 후우… 센터장님을 '친구'라고 부르셨다던데
요……."

"친구?"

강미소가 눈을 치떴다.

"센터장님, 주한미군에도 친구 있으세요?"

대사도 함부로 움직이지 못한 미군 헬기를 띄울 정도면 친

구도 보통 친구가 아니다.

도수는 선뜻 생각나는 사람이 없어 물었다.

"이름이 뭐라고 했습니까?"

"어— 음… 아! 주한미군 총사령관이라고 했어요! 할리 무어 장군! 할리 무어요!"

할리 무어.

도수와 김광석이 시선을 맞추고 웃음을 터뜨렸다.

"기막힌 우연이 있나."

김광석이 고개를 절레절레 저었다.

그와 도수가 있었던 라크리마에서 UN군 사령관 역할을 했던 할리 무어 장군이 주한미군 사령관으로 온 것이다.

그야말로 기가 막힌 우연이었다.

"센터장을 바꿔달란 말은 안 했나?"

"네, 그런 말은 없으셨고… 여전하시다고."

도수가 피식 웃었다.

"수고하셨습니다."

이하연을 다독인 도수가 병실 안의 김광석과 강미소를 보며 말했다.

"뭐 해요? 빨리 출동하죠."

김광석이 고개를 끄덕였다.

"기후가 문제인가? 일본은 히로시마 원폭이 터졌을 때도 전국 외과의 수백 명이 너 나 할 것 없이 방사능에 뒤덮이고 낙진 부는 곳을 뚫고 날아 들어갔다던데."

툭.

아사다 류타로의 어깨를 두드리며 한 말.

돌아가는 상황을 정확히 모르는 류타로가 눈을 동그랗게 떴다.

"예?"

그러나 김광석은 대답하지 않고 병실을 나갔다.

도수가 아사다 류타로에게 말했다.

"우린 저곳에 갈 겁니다."

어디 하나 의지할 곳 없는 망망대해에 갇혀 침몰하고 있는 선박 한 척.

아사다 류타로의 눈빛에 두려움이 서렸다.

그러나 그는 이를 악물고 물었다.

"저도 함께 가도 되겠습니까?"

한 명이라도 더 필요한 상황이었다.

도수가 고개를 끄덕였다.

"원한다면."

그는 병실 문턱을 넘기 전, 여전히 TV에서 눈을 못 떼고 있는 의료진들에게 말했다.

"억지로 가자는 말은 안 합니다. 하지만 우리도 일본한테 질 수 없잖아요. 우리도 가서 사람 살립시다. 저 사람들, 목 빠지게 우리만 기다리고 있습니다."

도수가 손가락으로 가리킨 곳.

아까까지만 해도 어렴풋이 보이던 선박의 형체가 안개에 파묻힌 채 시야에서 서서히 사라져 가고 있었다.

제10장

위험한 비행

　김광석, 강미소, 아사다 류타로를 대동한 채 응급실로 내려
간 도수는 나머지 인원들이 출동 준비를 마친 것을 볼 수 있
었다.

　"이제 미군 헬기만 오면 됩니다."

　그렇게 말한 조근현이 시계를 확인했다.

　"용산에서 오니까 이십 분 안 걸릴 거예요."

　도수는 고개를 끄덕였다.

　"병원을 비울 순 없으니까 우선 선발대는 출동 인원들로 갑
니다. 추가적으로 아사다 류타로, 강미소 선생은 우리 쪽에
합류하세요."

출동 인원이란 레펠 교육을 받고 지금도 출동을 최우선적으로 나가는 인원들을 말하는 것이다.

도수, 김광석, 이시원, 임재영, 남민수가 여기에 속했다.

거기에 아사다 류타로와 강미소를 섞은 건 육지에서 바로 치료할 수 있도록 준비하고 대기할 인원이 필요했기 때문이다.

두 사람 모두 토 달지 않고 고개를 주억거렸다.

불만을 말한 건 김용찬이었다.

"어차피 응급실엔 교수님 계신데요. 저도 함께 가게 해주십시오."

그는 주먹을 굳게 쥐고 있었다.

레펠을 탈 수 없어도 따라가서 거들고 싶었다.

이대로 무기력하게 배가 침몰해 대참사가 일어나는 꼴을 보고 있을 수만은 없었다.

그러나 도수는 고개를 저었다.

"병원도 현장만큼 중요합니다. 우리 환자는 배에 갇힌 사람들만이 아니에요. 기후가 안 좋은 건 현장이나 서울이나 마찬가집니다. 폭설이 내리는 밤에는 병원을 찾는 환자가 많아요. 조근현 교수님과 함께 응급실을 맡아주십시오."

센터장이 이렇게까지 말하니 김용찬도 뜻을 굽힐 수밖에 없었다.

"…알겠습니다."

째깍, 째깍.

지금 이 순간에도 시간은 흐르고 있었다.

초조하게 기다리는데, 헬리콥터 프로펠러 소리가 들려왔다.

타타타타타타!

"갑시다."

도수를 선두로 출동하기로 된 인원들이 각자 어깨에 짐을 매고 밖으로 나섰다.

강풍에 휘날리는 눈발이 얼굴이며 바람막이를 흠뻑 적셨다.

헬리콥터 앞에서 기다리고 있던 미군이 말했다.

"기상이 점점 더 악화되고 있습니다! 새벽이 되면 더 이상 비행이 힘들 수도 있어요!"

고개를 크게 끄덕인 도수가 마주 외쳤다.

"하는 데까지 해봅시다!"

의료 팀이 줄줄이 군용헬기에 오르자, 헬리콥터가 천천히 뜨며 비행을 시작했다.

드드드드드드드.

어느 정도 상공에 접어들자 기체가 심하게 흔들렸다.

그에 따라 의료 팀은 물론 미군들의 표정까지 창백하게 굳어졌다.

"위험한 임무입니다."

반대편에 있던 미군이 말했다.

도수는 부정하지 않았다.

"알고 있습니다."

"두렵지 않으십니까?"

미군은 직업군인이다. 모든 미군이 그렇진 않지만, 한 번쯤 국가와 임무를 위해 죽을 수 있다는 각오를 다지곤 한다. 그러나 도수는 민간인이었다. 군의관도 아닌 민간 의사인 것이다.

그에 도수가 말했다.

"두렵습니다."

"그런데 왜 이런 무모한 결정을 하신 겁니까?"

도수가 부탁해서 지시가 내려왔다는 것은 미군들 모두가 알고 있었다. 때문에 옆에 앉아 있는 미군은 줄곧 마뜩잖은 표정으로 도수를 노려보고 있는 거고.

하지만 도수는 그 시선을 외면하며 자신에게 물은 미군에게 대답했다.

"저보단 침몰한 배에 탄 사람들이 더 두려울 겁니다."

"당신이 간다고 그들을 모두 구조할 수는 없습니다. 당신은 슈퍼맨이 아니라 의삽니다."

"전 제 할 일을 할 겁니다."

도수가 말을 이었다.

"그리고 당신들도 당신들 일을 하겠죠. 구조대원들은 구조대원들이 할 일을 할 겁니다. 이렇게 한 사람, 한 사람이 두려움을 물리치고 현장에 온다면 한 사람이라도 더 많은 사람을 살릴 수 있을 거예요."

"이상적이군요. 당신이 이 눈보라를 뚫고 그 현장에 갈 수 있는 건 모두 우리 사령관님과의 친분 덕분입니다. 당신들을 제외하곤 누구도 오기 힘들 거예요. 만약 인근 병원에서 온다고 하더라도 망망대해에 떠 있는 선박까지 가진 못할 겁니다."

그러자 옆에 있던 군인이 말했다.

"다시 말해 이건 미친 짓이란 거죠."

그 순간.

도수와 나란히 앉아 있던 남민수가 참다 못하고 멀미를 했다.

"우웩!"

토사물을 내뿜는 그.

앞에 앉은 미군이 피식 웃었지만.

도수는 토사물이 묻는 걸 신경 쓰지 않고 남민수의 등을 두드려 주었다.

남민수가 맥없이 말했다.

"죄송합니다."

기체가 심하게 흔들리니 충분히 일어날 수 있는 일이다. 정작 도수만 해도 속이 좋지 않았고, 강미소의 얼굴은 백지장처럼 창백했으며, 아사다 류타로는 무릎에 고개를 박고 있었으니까.

그럼에도 남민수가 사과한 것은 미군들의 비웃음을 샀기 때문이리라. 미군들은 이 날씨에 억지로 목숨 걸고 여기까지 끌려온 게 마음에 들지 않았을 테고. 제 한 몸 못 가누면서 누구를 구하겠냐는 비웃음을 흘린 것이다.

그때 불쑥 도수가 비닐 봉투를 빼 들고 헛구역질을 시작했다.

"커억!"

한참 그렇게 구역질을 하고선 마주 앉은 의료 팀을 바라봤다.

"부끄러운 게 아니에요. 참지 말고 토할 사람은 봉투에 대고 토해요."

그 말이 떨어지기 무섭게.

의료 팀이 여기저기 구역질을 해댔다.

"우웩!"

"커헉!"

미군이 피식 웃었다.

그때, 조종석에서 기장의 목소리가 들려왔다.

"충격에 대비해요! 폭풍 속으로 진입합니다. 하하하하!"

묘한 흥분.

어쩌면 기장은 지금의 악천후를 즐기고 있을 만한 사람으로 뽑혔는지도 모른단 생각이 들었다.

그 순간.

기체가 지금까지와는 비교할 수 없는 진동을 일으키며 흔들렸다.

쿠구구구구구구!

마치 지진이라도 난 것 같았다.

기체가 소용돌이에 휘말린 것처럼 크게 기울었다.

"뭐야?"

"으악!"

누구의 비명인지도 알 수 없었다. 안쪽에 쌓아뒀던 가방들이 무너지고 벨트를 단단히 매지 않은 미군이 튀어 올랐다.

위잉, 위잉, 위잉, 위잉!

붉은 불빛이 끊임없이 깜빡이며 비명을 울려댔다.

그리고 도수가 다시 눈을 떴을 때, 헬기 안은 난장판이었다.

"으으으으으."

"젠장, 뭐였지?"

목이나 허리를 부여잡고, 머리를 감싸고 몸을 일으키는 의료 팀들.

도수는 고개를 돌렸다.

그곳에는 머리에서 피를 철철 흘리는 미군이 있었다.

"존! 존! 정신 차려봐!"

도수와 대화를 나누던 미군이 그 옆에서 환자를 흔들었다.

"젠장."

순식간에 환자로 변한 미군 옆에서 그를 떼어놓은 도수가
말했다.

"저희한테 맡기세요. 그렇게 건드리면 안 됩니다."

"아, 알겠소!"

미군이 말을 더듬었다.

조종석에서 기장이 물었다.

"어이, 무슨 일이야?"

"부상자가 생겼습니다."

도수의 대답에 기장이 욕지거릴 뱉었다.

"젠장! 엎친 데 덮친 격이로군."

그러더니 그가 짧게 덧붙였다.

"다시 흔들린다!"

그걸 끝으로.

도수는 어딘가에 쾅! 머리를 부딪히고 정신을 잃었다.

*　　　　*　　　　*

다시 눈을 떴을 땐 의료 팀이 분주하게 움직이고 있었다.

'추락하진 않았군.'

도수가 안심하는 사이.

곁을 지키던 강미소가 물었다.

"깼어요?"

"어떻게 된 겁니까?"

"가벼운 뇌진탕이에요. 센터장님은 괜찮은데… 문젠 저쪽이죠."

도수가 고개를 돌렸다.

안 그래도 머리가 찢어져서 피가 흐르고 있던 미군은 상처가 더 벌어지면서 심각한 출혈을 일으키고 있었다.

거즈로 막아도 피가 샜다.

"머리를 뭔가가 뚫었습니다!"

남민수가 애타게 부르짖었다.

그제야 도수는 상황의 심각성을 깨닫고 서둘러 몸을 일으켰다.

드드드드드드.

헬리콥터는 기체를 폭력적으로 두드리는 바람을 꿰뚫고 나아가고 있었지만.

이런 상황에서 부상자를 치료하기란 쉽지 않았다.

이쪽 상황을 들었는지 기장이 다급하게 외쳤다.

"어떻게 좀 해봐요! 의사가 몇 명인데……! 도착하려면 아직 좀 남았단 말입니다!"

도수는 풀숲을 헤치듯 팀원들을 헤치고 부상자에게 다가갔다.

"좀 봅시다."

"예, 여기……."

남민수가 거즈를 치우자.

쇠로 된 고리가 이마에 걸쳐져 있고, 그 틈으로 출혈이 발생하고 있었다.

"……."

지금 상황에선 두 가지 방법이 있었다. 남민수가 했던 것처럼 쇠고리를 빼지 않고 일단 지혈만 하면서 육지까지 가는 것. 그리고 나머지는 상처를 봉합하는 것이다.

물론 후자는 도수가 아니면 애초에 논외로 치는 해결책이었다.

"꿰매야겠습니다."

도수가 판단을 내렸다.

그가 이런 결정을 한 이유는 간단했다.

평상시 같으면 이동하는 내내 지금처럼 지혈만 할 테지만 이마를 다친 미군 병사의 경우 거즈로는 지혈이 안 될 만큼 출혈이 심했기 때문이다.

만약 쇠고리가 상처를 틀어막고 있었다면 오히려 출혈이 덜할 수 있겠지만, 지금은 쇠고리에 걸린 채로 크게 움직이면서 잔뜩 벌어진 상처였다. 헬기 실내 부품인 걸로 추정되는 쇠고리가 빠질 정도였으니 상처는 깊고 큼직했다.

이렇게 계속 피가 쏟아진다면 상처 부위가 한 곳이라도 안심할 수 없다.

말 그대로 '쏟아지는' 거니까.

물론 그렇다고 하더라도 한두 시간 내에 과다 출혈로 사망하진 않겠지만 피가 너무 많이 빠져나가면 여러 가지 후유증을 불러일으킬 수 있었다.

따라서 도수는 할 수 있다면 직접 봉합해서 출혈을 막는 쪽을 택했다.

"부분마취."

고개를 끄덕인 강미소가 가방에서 주사기를 꺼냈다. 그러나 쉽게 바늘을 찌를 생각을 못했다.

도수가 손을 내밀었다.

"그냥 주세요."

"아, 네!"

강미소가 주사기를 넘기자.

미군 병사에게 마취약을 투여한 도수는 창밖으로 시선을 던졌다.

다행히 당장 아까와 같은 진동이 발생할 것 같지 않았다.

해서 기장에게 물었다.

"상처를 꿰맬 겁니다! 괜찮겠습니까?"

"오 분 내에 하쇼!"

그 정도면.

도수는 이시원과 강미소를 보며 말했다.

"환자 머리 고정해 줘요."

고개를 끄덕인 두 사람이 환자의 머리와 얼굴을 단단히 붙잡았다.

슥, 슥.

소독해서 상처 부위를 닦아내는 와중에도.

꿀럭, 꿀럭.

핏물이 계속 흘렀다.

묵묵히 상처를 닦은 도수가 눈짓으로 지시해 봉합침과 봉합사를 받았다.

상처가 너무 벌어져서 호치키스로 집을 수도 없었기 때문.

도수가 말했다.

"봉합합니다."

그리고 이어서 바늘이 환자의 피부를 뚫고 들어가 반대쪽 피부를 꿰고 나왔다. 그 뒤를 따라 실이 당겨지며 환자의 이마가 닫혔다.

슥, 스윽.

실로 상처를 꿰매는 와중에도.

드드드드드드.

진동은 계속됐다.

그러나 도수는 진동폭과 손이 움직이는 방향을 계산해 살을 꿰매고 있었다.

지난번에 배를 열었을 때처럼.

지금은 그때보다 진동은 더 심하지만 환자 상태가 더 복잡하지 않기 때문에 가능한 일이었다.

이를 지켜보고 있던 동료 미군은 잘 알지도 못하면서 중얼거렸다.

"대단하군."

아무것도 모르는 그가 보기에도 도수의 손놀림이 예사롭지 않았던 것이다.

그에 이시원이 말했다.

"예쁘게 꿰매주실 겁니다. 시간 지나면 티도 잘 안 나도록."

"그럴 것 같습니다."

미군이 고개를 주억거리는 사이.

순식간에 환자의 이마를 봉합한 도수는 그의 얼굴을 내려다봤다.

샤아아아아아아.

눈이 빛나며 투시력이 발휘됐다.

봉합한 피부를 넘어 두개골, 그 속의 뇌까지 훑었지만 특별히 문제 될 만한 점은 보이지 않았다.

"다 됐습니다."

도수는 강미소에게 의료 도구를 반납했다.

그러자 멀쩡한 미군이 끙끙거리는 미군을 일으키며 말했다.

"고맙습니다. 아까는… 미안합니다. 우리가 경솔했어요."

"아닙니다."

무던하게 대답한 도수는 고개를 돌려 창문을 바라보았다.

안개는 여전했다.

창밖으로 바다가 보이는 것이, 거의 도착한 듯했다.

때마침 기장이 뒤에 대고 외쳤다.

"이제 곧 착륙합니다!"

타타타타타타!

안개를 가르며 서서히 착륙하는 헬리콥터.

미군들은 과연 이 악천후에 현장까지 달려온 이들이 있을지 걱정했지만.

선착장에는 수많은 인파가 붐비고 있었다.

취재를 위해 달려온 기자들만이 아니었다.

그들보다 더 많은 수를 차지하는 건 자원해서 잠수부로 지원한 이들, 구조대원들, 그리고… 다른 병원에서 온 의료 팀들이었다.

제11장

의인들

타타타타타타타!
착륙한 후에도 프로펠러가 돌아가고 있었다.
자욱한 안개가 한발 물러나며 흩어졌다.
도수는 양어깨에 가방을 두 개씩 매고 내렸다.
안개를 가르며, 구조대원 한 명이 나타났다.
"구조 대장 이민우입니다! 현재 현장을 책임지고 있습니다!"
"이도수입니다!"
도수는 헬기 안쪽을 향해 손짓했다.
그러자 비행 중 머리를 다친 미군이 들것에 실려 나왔다.
"일단 부상자부터 옮기죠!"

"알겠습니다!"

이민우가 함께 온 대원들에게 지시하자, 그들이 부상자를 인계받았다.

미군이 실려 가는 모습을 지켜보던 도수가 말했다.

"오던 중 기류에 휩쓸렸습니다!"

"여러 사람이 희생되는군요! 오시기 전 정부에서 무리한 구조 작전을 감행했고 민간 잠수부 둘이 실종됐습니다!"

도수가 눈을 질끈 감았다.

안타까운 희생이 속출하고 있는 것이다.

그들 모두 침몰하는 선박에 탄 사람들을 구출하기 위해 기꺼이 발 벗고 나선 선한 사람들일 터.

"여러 사람이 피를 보는군요."

그 말을 못 들은 구조 대장이 외쳤다.

"상황은 가면서 말씀드리겠습니다! 이쪽으로 오시죠!"

천하대병원 측에서 미리 연락을 취한 모양이었다.

도수는 팀원들과 함께 이민우를 쫓아갔다.

그들이 도착한 곳은 임시로 만든 착륙장에서 제법 떨어진 천막이었다.

천막 문을 열자.

안에서 분주하게 움직이고 있는 의료 팀들이 보였다. 그들은 당장에라도 환자를 받을 수 있도록 천막을 세팅하고 있었다.

그 와중에도 화이트보드 앞에 앉은 이들은 각 분야 수뇌부(首腦部)가 분명했다. 놀랍게도, 그들 중 아는 얼굴이 있었다.

"양진명 교수님?"

아로대학병원에서 김광석 밑에 있던 응급의학과 교수였다. 지금은 김광석의 후임자로 아로대학병원 응급외상센터장을 맡고 있었다.

양진명 교수가 자리에서 몸을 일으키며 그들을 반겼다.

"다들 오랜만이군. 교수님도 오셨군요."

김광석이 고개를 끄덕였다.

"여기서 자네를 다 보고… 반갑구먼."

"상황이 급박하니 소개는 간략하게 줄이겠습니다. 이쪽은 천하대병원에서 파견 오신 분들입니다. 저희야 사고 소식 듣자마자 출발했으니 그렇다 쳐도, 정말 이 날씨를 뚫고 날아오실 줄 몰랐습니다."

아로대병원은 천하대병원에 비해 응급외상센터가 활성화된 곳이었다. 김광석이 기반을 잡고 몇 년 동안 출동을 나갔기 때문이다. 기장도, 헬리콥터도 항상 대기 중이었다.

반면 천하대병원은 이제 막 제대로 된 응급외상센터 역할을 하기 시작한 곳이었다. 아직 헬리콥터나 기장을 완전히 파견한 센터가 아니라 요청을 해야 그때그때 지정을 해서 보내 주었다.

이런 사소한 차이가 대응 시간에 격차를 만들었던 것이다.

도수가 그 차이를 실감하는 사이 양진명이 말을 이었다.

"그리고 이쪽은 인천에 위치한 병원에서 나오신 분들입니다. 정부에서 요청하기도 전에 자발적으로 합류하셨습니다."

서로에 대해 들은 두 집단은 서로 목례를 하며 인사를 나눴다. 인사를 마친 인천 지역 의료 팀 인원들은 도수를 보며 웅성거렸다.

"저 젊은 친구가 이도수?"

"생각보다 더 젊구먼."

"직접 보니 믿기지 않아."

도수에 관한 소문을 들은 것이다.

도수는 이런 일이 익숙했기에 개의치 않고 양진명에게 물었다.

"구출 계획을 듣고 싶습니다."

직접 구출할 건 아니지만 작전은 알아둘 필요가 있었다. 구출해 낸 사람들의 상태를 확인하고 필요한 경우 즉각 대처해야 하는 것이다. 그러자면 몇몇은 직접 현장에 들어가야 했다.

양진명이 대답했다.

"지금은 작전이 중지된 상태입니다. 민간 잠수부들이 실종되면서 날이 개면 작전을 속개하자는 쪽으로 무게가 기울었어요."

"그때가 되면 다 죽습니다."

도수는 확신했다.

"지금도 슬슬 저체온증 환자가 발생하고 있을 거고요. 조금 더 지나면 사망자도 속출하기 시작할 겁니다."

"저도 알고 있습니다. 하지만……."

양진명이 현장 책임자인 이민우를 보며 입술을 지그시 깨물었다.

"높으신 분들이 구조정까지 운항 금지시켜 버렸으니 방법이 없지요."

"그럼 이대로 손 놓고 기다리자는 건가?"

이번에는 김광석이 눈살을 찌푸렸다. 절대 하루아침에 갤 날씨가 아니었다. 적어도 새벽 동안은 크게 달라지지 않을 것이다.

그때, 도수가 침착하게 물었다.

"다른 구출 방법은요?"

"헬기도, 구조정도 투입할 수 없으니. 위에서 운항 금지를 해제해 주길 바랄 수밖에 없는 실정입니다."

"왜 운항을 못 하게 하는 거죠?"

도수는 이해하기 힘들었다.

헬리콥터야 오면서 직접 겪어봤으니 그렇다 치자.

구조정 정도 규모의 선박이면 충분히 투입해 봄직했다.

그러나 양진명은 어두운 얼굴로 대답했다.

"추가 사고 위험을 감수하고서라도 구출 작전을 강행하느냐, 아니면 선박에 갇힌 사람들의 희생을 어느 정도 감수하고 날이 개면 구출 작전을 시작하느냐. 갑론을박을 펼치고 있습니다."

"그놈의 탁상공론은!"

김광석이 분개했다.

"되든 안 되든 사람들을 구해봐야 할 것 아니야?"

모두의 심정을 대변한 외침이었다.

문제는 이렇다 할 해결책이 없다는 것.

침묵하고 있던 도수가 입을 열었다.

"민간 선박은요?"

"음?"

"나라 배는 이용하지 못한다 치고. 고깃배까지 통제하나요?"

그 질문에 양진명 대신 구조 대장 이민우가 대답했다.

"아뇨. 출항하지 않는 걸 강권하긴 하지만 억지로 붙잡아둘 수는 없죠."

"그렇다면 고깃배를 타고 갈 수는 없는 건가요?"

"뒤집힐 수 있습니다. 구조정이라면 모를까, 개인 소유의 고깃배들은 너무 작고 가벼워요. 바다에 나가보시면 아시겠지만 파도가 굉장히 높습니다."

"……"

침묵하던 도수가 다시 물었다.

"인근에 선박들은 없습니까?"

"너무 멀리 있거나 출항하지 않은 상태입니다. 그 배들마저
도 다 기업 소유라 구조선을 대신해 투입시키려면 정부의 요
청이 있어야 하는데… 그건 그거 나름대로 이것저것 복잡한
이해관계가 얽혀 있고요. 실행된다 해도 너무 늦어질 겁니다."

오직 이윤을 추구하기 위해 사들인 사기업의 대형 선박을
구출용 목적으로 쓰려면 꽤나 복잡한 절차를 거쳐야 한다.

그러나 지금은 시간이 없었다.

그야말로 모든 희망이 막혀 버린 느낌.

정녕 발을 동동 구르는 것만이 최선이란 말인가?

지금 이 순간에도 선박 안 사람들의 체온은 서서히 떨어지
고 있을 것이다.

결국 도수는 다이렉트로 해결할 수 있는 최후의 보루를 떠
올렸다.

"전화 한 통 하고 오겠습니다."

양해를 구한 도수는 천막 밖으로 나와 한 사람에게 전화를
걸었다.

―…여보세요.

자다 일어난 목소리.

새벽이었기에 도수는 사과부터 했다.

"밤늦게 실례지만 부탁할 게 있어서 전화했습니다."

—이도수 선생님?

"예."

잠시 말없이 부스럭거리던 수화기 뒤편에서 안개가 걷힌 듯
한 음성이 들려왔다.

—네, 말씀하세요.

애써 차분한 목소리.

도수가 말했다.

"정확히 말하면 할머님께 부탁이 있어서 전화했어요. 할머
님을 좀 바꿔주셨으면 합니다."

—우리 할머니요?

김이 빠졌는지 상대 목소리가 살짝 늘어졌다. 그러나 그녀
는 뜸 들이지 않고 바로 일어나 걸으며 말했다.

—그런데 왜 이렇게 잡음이 심해요?

"밖이라서."

—밖? 이 시간에요?

"왜요?"

—병원에 있을 줄 알았는데.

"인천입니다."

—인천……? 아!

"맞아요."

—그럼 부탁이란 것도?

"이곳 일과 연관이 있는 겁니다."

—…정말 코난 같네요.

"코난?"

도수가 알아듣지 못하자.

나유하가 대답했다.

—정말 사건을 몰고 다니는 건지, 사건 있는 곳을 찾아다니시는 건지. 하루도 사건 사고가 끊이지 않는 게 신기해요. 어떻게 그렇게 스펙터클하게 사는지…….

이상한 사람.

자신과 다른 사람.

존경할 점이 있는 사람.

그게 나유하가 보는 이도수였다.

정작 도수는 한결같이 차분한 어조로 답했다.

"외과의니까요."

그 이상 어떠한 설명도 없었다.

물론 모든 의사가 매일같이 사건 사고에 휘말리진 않는다.

그러나 외과의.

그중에도 특히 응급외상센터 소속 외과의에게는 매일이 사고였다.

일생에 한 번 겪을까 말까 한 사고를 당한 환자들이 매일같이 실려 들어온다.

그렇다 보니 매일 다친 사람들을 보고, 몇 번씩 사람 몸에 칼을 대고, 생과 사의 경계에서 죽어가는 사람을 끌어 올리기도 한다.

그 모든 환자가 불타는 화약고처럼 위태롭기에.

써전에게는 매 순간이 전쟁이다.

잠시 후.

도수의 대답을 곱씹듯 이렇다 할 말을 하지 않던 나유하가
말했다.

─할머니 바꿔 드릴게요.

수화기를 막고 깨운 모양이다.

그리고 역시나 임옥순의 목소리가 꼬리를 물었다.

─이도수 선생님.

"네, 여사님."

─저한테 부탁하실 게 있다고 들었어요.

"예전에 제게 말씀하셨던 보답. 지금 해주셨으면 합니다."

─보답. 해야지요.

임옥순이 물었다.

─뭐가 필요하죠?

"사고 현장에서 사람들을 구출할 대형 선박이 필요합니다.
기후의 영향을 받지 않을 정도로 큰 선박이요."

─인천에 우리 선박이… 있을 거예요. 하지만 해운 쪽은 따
로 관리하는 사람이 있어서 내 마음대로 하기가 곤란해요.

"곤란한 부탁이라는 것 알고 있습니다."

─안 되는 건 안 되는 거니까.

"그래도 부탁드립니다. 언젠가 이 은혜는 꼭 갚겠습니다."

─예전에도 나한테 받을 보답으로 남을 위하더니, 이번에도 남을 위해 쿠폰을 쓰는군요.

"남을 위해서가 아닙니다."

─아니라고요?

"제가 구하고 싶어서 쓰는 겁니다. 사람 생명을 구하는 일인데 이 정도도 못 하려고요."

─그렇게 말하면 사람 목숨이 달린 일로 고민한 내가 고약한 할망구가 되잖아요? 이런 걸로 보답했다고 해도 악질 같으니 이건 선생님 말처럼 은혜 입은 걸로 쳐요. 보답은 따로 하죠.

여부가 있겠는가?

"감사합니다."

도수가 물었다.

"그런데 선박이 언제쯤 사고 현장에 도착할 수 있을지."

─내가 그런 것까지 알겠어요?

"……."

─급박한 건 잘 아니까 최대한 손써볼게요. 나도 이도수 선생님이 다치는 건 원치 않으니까.

"감사합니다."

전화를 끊은 도수는 다시 천막으로 돌아가려 했다. 그런 그때, 지금껏 깜깜하게 정박해 있던 부둣가 고깃배들에 불이 들어왔다.

"설마……."

도수는 걸음을 돌려 고깃배로 향했다.

거리가 가까워질수록 배 위로 짐을 나르는 잠수부들의 모습이 보이기 시작했다.

"빨리, 빨리 움직입시다! 우릴 기다리고 있는 사람들이 한둘이 아니에요! 구조 대장이 알면 우릴 막을 겁니다!"

그들은 놀랍게도 바다로 나가려 하고 있었다.

그러다 사고라도 당하면 상황은 걷잡을 수 없게 될 터.

도수는 그들을 말리기 위해 배에 탔다.

"선장님이십니까?"

갑판에 서 있던 선장이 도수를 발견하곤 표정이 굳었다.

"맞아요. 내가 선장입니다."

"지금 바다는 위험합니다."

"당신, 의사입니까?"

"예."

"그럼 같이 갑시다. 의사 선생보단 내가 바다를 더 잘 압니다. 이보다 더 바람이 씨게 불 때도 파도와 싸웠어요."

고집스러운 사내다.

고집만큼 성질도 급해 보이는 그가 몇 시간을 발만 동동 구르며 참았다면 열불이 터질 만도 했다.

그 마음이야 이해하지만, 민간 선박이나 잠수부의 단독행동은 곤란했다.

그렇게 판단한 도수가 말했다.

"정부에서 결정한 운항 금지를 어기고 출항하셨다가 사고라도 당하시면 아무런 보상도 해주지 않을 겁니다. 저도 선장님과 같은 마음이라 이곳에 왔습니다. 하지만 지금 출항하시는 건 다른 문제입니다."

"하나만 물어봅시다."

"예."

"의사 선생도 목숨 걸고 왔담서. 이 배를 몰 수 있으면 갈 거요, 안 갈 거요?"

"……."

"여기까지 올라타서 얘기하는 걸 보니 내 눈엔 사람들 구할 마음이 있어 보이는데."

"맞습니다."

도수는 부정하지 않았다.

그러나.

"그렇다고 해도 구조대와 상의 한마디 없이 몰래 출항하시는 건 섣불러요."

"우리가 죽으러 간답니까?"

되물은 선장이 천천히 말을 이었다.

"우리도 목숨 귀한 건 압니다. 아무리 뱃사람이라도 가족들 생각에 쉽게 죽을 생각 안 해요. 우리가 봤을 땐 충분히 가라

앉는 선박에 다가가서 구조할 수 있을 것 같은데 이놈의 벼슬
아치 놈들이 막는 겁니다."

"구조대 말로는 이 정도 파도 높이면 고깃배가 뒤집힐 수
있다고 들었습니다. 추가 사고 위험이 있다는 뜻이에요. 더 이
상 상황이 악화되면 정말 힘들어집니다."

"내 배는 내가 더 잘 알아요. 그만하쇼."

"조금만 더 기다려 보시죠."

"언제까지? 사람들 다 죽어나갈 때까지 이렇게 지켜보란 말
이오? 벌써 몇 시간을 그 말만 믿고 기다렸는데… 구할 수 있
는데도 안 구하면 그건 죄요, 죄. 안 그래요?"

선장의 고집은 쉬이 꺾을 수 없을 것 같았다. 그렇다고 임
옥순이 언제까지 선박을 보내준다고 약속한 게 아니니 설득
할 명분도 부족했다.

답답한 마음에 고개를 돌리는데.

바깥 상황을 벌써 보고받았는지 천막을 나선 구조 대장 이
민우가 눈에 들어왔다. 이민우는 구조대원들을 이끌고 선박
가까이 오더니 크게 말했다.

"다들 배에서 내리십시오!"

그러고는 한마디 덧붙였다.

"구조대가 갑니다."

＊　　　＊　　　＊

배 안은 아비규환(阿鼻叫喚)이었다.

벌써 배가 칠십 도쯤 기운 시점.

한 시간 사십 분 만에 죽음이 다가오고 있는 것이다.

박지영 승무원은 객실을 향해 내달렸다.

머리 위에서 방송이 흘러나오고 있었다.

─현 상황은 실제 상황입니다. 승객 여러분들께선 구명조끼를 착용한 후 갑판으로 나와주시기 바랍니다. 다시 한번 말씀드립니다. 구명조끼를 착용한 후 갑판으로 나오시기 바랍니다.

어선 두 척이 이리로 향하고 있다는 무전을 받은 상황.

두 척의 어선에 탈 수 있는 사람은 기껏해야 이백 명이 안 된다.

그것도 최대한으로 탔을 때 그렇다는 것이다.

하지만 일개 승무원에 불과한 박지영이 할 수 있는 일은 많지 않았다.

방송만으론 부족했기에.

그녀는 직접 뛰어드는 쪽을 택했다.

철컥!

문을 열자 물이 차오르는 가운데 비명을 지르고 있는 승객

네 명이 보였다.

"피하세요!"

그녀가 외쳤으나 돌아오는 건 비명뿐이었다.

"나 죽기 싫어!"

"물 계속 들어와!"

"으, 차가워. 씨발."

풍덩!

물에 뛰어든 박지영은 무릎까지 차올라서 질척거리는 바닷물을 헤치며 승객들에게 다가갔다.

그러고는 더 크게, 다시 한번 외쳤다.

"나가세요! 여기서 이러고 있으면 안 돼요!"

"아!"

"승무원이다!"

그녀가 다시 말했다.

"구조대가 오고 있어요! 지금 바로 나가셔야 해요!"

그제야 패닉에 빠졌던 사람들이 벌떡 일어나서 바닷물을 헤치며 복도로 나갔다.

몸무게가 가벼워서 이리저리 휩쓸리는 소녀를 부축해서 복도로 나간 박지영이 그녀의 구명조끼를 단단하게 조여주며 말했다.

"먼저 가요."

"언니는요?"

"승객들이 남아 있어요. 승무원은 마지막이에요."

"아……."

공포에 의해 떨리는 눈빛.

소녀가 쉽게 발을 떼지 못하자.

그녀가 미소를 보이며 덧붙였다.

"괜찮아요. 먼저 나가도 돼요."

"……."

소녀가 왈칵 울음을 터뜨렸다.

"미안해요, 언니."

"미안하긴."

머리를 헝클어뜨린 박지영은 다른 객실로 향했다. 뒤에서 그녀를 쳐다보는 소녀의 눈길이 느껴졌으나 뒤돌아보지 못했다. 뒤돌아보는 순간, 마음이 약해질 것 같았기 때문이다.

*　　　*　　　*

정차웅은 이제 열다섯 살이었다.

죽을 수도 있다는 생각에 몸이 덜덜 떨려왔다.

방금 전까지 얼굴에 서려 있던 장난기는 싹 달아나 있었다.

배가 크게 기울면서 심각성을 인지한 것이다.

그는 함께 있던 또래 여자아이를 바라봤다.

구명조끼가 부족해서 맨몸으로 오들오들 떨고 있었다.

아마 자신보다 더 두려울 것이다.

물은 차고 있지, 의지할 데는 없지, 수영도 못 한다고 했다.

'그래, 난 어떻게든……'

그래도 물에 뜰 수는 있지 않은가?

수영도 잘하는 편은 아니지만 옛날에 배운 적이 있었다.

그렇게 끊임없이 자신을 독려하며, 정차웅은 구명조끼를 벗기 시작했다.

"…뭐 해?"

엄마 친구 딸.

소위 엄친딸.

그리 친하지도 않은 녀석과 함께 이런 상황에 처할 줄은 꿈에도 몰랐다.

부모님들과 식당에서 밥을 먹다 먼저 빠져나와서 방에 와 있던 게 이렇게 후회될 수가 없었다.

"너 입어."

정차웅이 구명조끼를 내밀자.

여자아이가 물었다.

"넌?"

"난 수영 배운 적 있어. 엄마, 아빠들도 오실 거고."

의연한 척했지만 목소리가 떨리는 것만은 막을 수 없었다.

"……"

망설이는 여자아이의 품에 구명조끼를 떠밀듯 안겨준 정찬

웅이 말했다.

"괜찮아."

안 괜찮다.

정말 괜찮아졌으면.

이 지옥 같은 상황이 끝나길 바랄 따름이었다.

＊　　＊　　＊

"빨리 빠져나가요!"

남윤철은 승객들을 지나쳐 보내고 있었다.

이쪽은 이미 가슴까지 물이 찬 상태.

배가 기울면서 승객들은 위쪽으로 내달리고 있었다.

우르르르르!

"빨리!"

남윤철이 물속으로 손을 집어넣어 버둥거리는 팔목을 끌어올렸다.

"사, 살려주세요! 어푸! 어푸!"

"몸에 힘 빼요! 갑시다!"

그는 바닷물이 차서 시야가 혼잡한 가운데에서도 소년의 등을 반대편으로 떠밀었다.

남윤철의 도움으로 무사히 난간을 잡고 몸을 지탱한 소년이 뒤를 돌아봤을 땐, 아무도 없었다.

"아저씨……?"

그러나 대답은 들려오지 않았다.

그 순간, 깜빡거리던 불빛조차 점멸됐다.

*   *   *

"지금 사람들 구하러 가야 돼. 길게 통화 못 해. 끊어."

일방적으로 전화를 끊은 양대홍 선장은 눈가를 비비며 다시 시야를 확인했다.

한 사람이 물살에 떠밀려 나오고 있었다.

방금 아이를 구하고 물에 빠진 남윤철이었다.

"이런 젠장!"

조타실을 나선 그는 얼른 구조용 튜브를 향해 달려갔다. 사람들이 대피하는 방향과는 반대 방향이었다.

곧 바닷물이 채울 튜브 앞에 도착한 그는 무겁고 커다란 고무 튜브를 풀어서 바다로 던졌다.

그러고는 크게 외쳤다.

"이거 잡아요!"

바닷물이 순식간에 무릎에서 허벅지까지 차올랐다. 중심이 흔들리는 절체절명의 순간.

의식이 있었던 걸까?

아니면 인간의 강한 의지가 의식을 깨운 걸까?

남윤철이 튜브를 잡고 매달렸다.

"기다려요! 당길게, 꽉 잡고 있어!"

남윤철은 한 손으로 쇠기둥을 잡은 채 튜브가 연결된 밧줄을 당겼다. 거친 밧줄에 손바닥이 다 벗겨졌으나 그는 신경 쓰지 않았다.

한 사람이라도 더 구하는 것.

그게 이 배를 책임진 선장으로서의 역할이었다.

*   *   *

수십 명의 승객들을 먼저 내보낸 최혜정은 물속에서 몸을 끌어 올렸다.

몸이 덜덜 떨리고 있었다.

의식도 가물가물했다.

"으……."

딱딱.

이를 부딪치면서도.

그녀는 힘겹게 남윤철을 끌어 올리고 있는 양대홍 선장을 발견했다.

그는 무척 힘에 부쳐 보였다.

그에 반해 바닷물은 급속도로 빠르게 차오르고 있었다.

이대로 있으면 두 사람 다 바닷물에 쓸려 갈 것이다.

"후우, 후우……."

심호흡을 하며 멀어지는 의식을 붙잡은 그녀는 까마득한 내리막길을 향해 몸을 날렸다. 마치 무서운 미끄럼틀을 타듯 몸이 미끄러져 내려갔다.

퍼억!

"윽!"

쇠기둥에 부딪힌 그녀는 신음을 흘렸다.

배에서 느껴진 끔찍한 통증이 정신을 일깨웠다.

양대홍 선장이 고개를 돌리자.

눈이 마주친 그녀가 말했다.

"도… 울게요!"

몸을 일으킬 힘도 없는 그녀가 밧줄을 잡고 힘을 주었다.

스스슥.

마침내 남윤철이 매달린 튜브가 조금씩 움직이기 시작했다.

양대홍 선장도 더 큰 힘을 냈다.

"하나! 둘! 조금만 더! 헛, 둘……!"

남윤철 역시 발이 닿은 시점부턴 힘차게 바닥을 박찼고, 두 사람은 간신히 기둥에 몸을 걸칠 수 있었다.

기진맥진한 최혜정이 말했다.

"하아, 하아… 구조대가 오긴 할까요?"

"온다 해도……."

양대홍은 완전히 기울어진 선체를 올려다봤다. 사람을 구

하고 보니 허망하게도 죽음이 기다리고 있었다. 온몸에 힘이
빠진 그.

"우린 갑판까지 못 갈 것 같습니다."

그게 현실이었다.

특히 한눈에 봐도 부상이 심한 최혜정이나 남윤철을 데리
고 갑판까지 가는 건 무리였다.

양대홍 선장은 여기까지 오기 전 가족들과 못다 한 통화를
하기 위해 주머니를 뒤적거렸지만 핸드폰은 보이지 않았다. 최
혜정이나 남윤철 역시 머리부터 발끝까지 쫄딱 젖었으므로
연락할 방도가 없을 터.

"…한마디라도 더 할 걸 그랬나."

중얼거린 양대홍이 눈을 질끈 감았다. 왜 마지막 순간에 그
가 태운 승객들의 얼굴이 뇌리를 스치는 걸까?

모든 걸 단념한 세 사람.

남윤철이 입을 뗐다.

"그래도 통성명이나 합시다. 전 남윤철입니다."

"…최혜정이에요."

"양대홍입니다."

그 외에 어떤 소개도 필요 없었다.

그들이 지금 한자리에 있고 마지막 순간을 함께하게 됐다
는 것.

그것만이 중요할 따름이다.

그들이 몸을 지탱하고 있는 쇠기둥이 가라앉기 시작하는 그 순간.

불현듯, 확성기를 타고 외침이 들려왔다.

"그쪽으로 갑니다!"

모퉁이를 돌아 나타난 허름한 어선 위에는 우비를 걸친 누군가가 서 있었다.

그가 누군지는 중요치 않았다.

살길이 보인다는 것.

양대홍이 두 팔을 휘저으며 크게 외쳤다.

"살려주세요!"

＊　　　＊　　　＊

우비의 남자는 도수였다.

장비를 착용한 그는 당장에라도 구조를 기다리는 사람들을 향해 뛰어들 것처럼 한 발을 난간에 걸치고 있었다.

뒤에서 장비가 제대로 조여졌는지 확인해 준 이민우가 말했다.

"진짜 선생님 말이 맞군요."

그는 적잖이 놀랐다.

위급한 상황에서 구조대보다 더 날카롭고 이성적인 판단을 했던 것이다.

그들은 처음, 갑판에 서 있는 인원들을 발견하고 그쪽으로 다가갔다.

두 척 모두 그리로 향하고 있는데.

도수가 불현듯 제안했다.

갑판 위의 인원이 백 명도 안 되어 보인다고. 그들에게는 아직 시간이 있으니 한 척은 뒤로 돌아가 위험 지대에 있는 사람들부터 구하자고.

그리하여 뒤로 돌아왔는데, 아니나 다를까 지금도 배가 거의 가득 찰 정도로 많은 승객들을 실은 상태였다. 그 와중에 만난 것이 기둥에 몸을 지탱하고 있는 세 사람이었다.

도수가 아니었다면 이렇게 합리적인 구조 작전을 수행하지 못했을 터.

감탄은 감탄이고, 이민우가 구조 대장으로서 말했다.

"…직접 안 가셔도 됩니다. 선생님까지 위험해질 수 있어요."

"저 여자 승객 보여요?"

최혜정을 말하는 것이다.

이민우가 고개를 끄덕였다.

"예. 그런데요?"

"부상이 심합니다."

"그렇게는 안 보이는데……."

"일단 출혈."

도수는 최혜정의 허벅지를 가리켰다. 이민우가 다시 보니 원래 빨간 바지가 아니라 흰 바지에 피가 스민 형색이었다.

"아……."

도수의 눈동자가 움직였다.

샤아아아아아아.

과연 닿을까?

하지만 거리와 상관없이 인체에 한해 투시력이 발휘됐고.

웅크리고 있는 그녀의 배 속이 보였다.

"갈비뼈도 부러진 것 같습니다."

"그걸 어떻게……?"

이민우는 고개를 갸웃했다.

늑골이 부러지면 숨 쉬기도 힘들다.

그에 비해 최혜정은 비교적 양호해 보였기 때문이다.

그러나 도수는 그 짐작을 전면 부정 했다.

"신경은 다른 데 가 있고 체온은 떨어졌고 의식도 멀어져서 통증을 그대로 못 느끼고 있는 것뿐입니다."

굳이 어떻게 그녀의 상태를 상세하게 파악했는지까진 설명을 달지 않았다.

이민우도 그러려니 했다.

"체온이나 의식도 문제겠군요."

"네. 보기완 다르게 위중한 상태예요. 더 악화되면 안 됩니다. 제가 가서 응급조치를 할 테니 이송만 맡아주세요."

점점 거리가 가까워지자.

우려했던 대로 최혜정의 부러진 갈비뼈가 폐를 위협하고 있었다.

무리하게 움직이다 그대로 찌르고 들어가면 폐동맥까지 찔릴 수 있는 상태.

이건 투시력이 없는 구조대만의 힘으론 안전한 구출이 힘든 상황이다.

도수는 확성기를 내려놓으며 말했다.

"가죠."

그의 손에는 확성기 대신 의료 가방이 들렸다. 승객 오백십이 명. 가능하면 전원 다 구하고 싶었다. 이미 물에 빠진 사람도 있을 테고 큰 부상을 입은 채 물속에서 죽어가고 있는 사람도 있을 터였다.

그들을 맡는 건 도수의 몫이 아니었다. 그는 난간에서 뛰어내리기 전 고개를 돌렸다.

구조대원들이 배에 줄을 매단 채 입수 준비를 하고 있었다.

툭, 툭.

도수의 어깨를 두드린 이민우가 말했다.

"걱정 마십시오. 최정예 대원들입니다."

끄덕.

도수는 코앞의 대상에게 집중하기로 했다. 각자 맡은 바 역할을 끝까지 수행한다면 좋은 결과가 있으리라. 얼굴을 얼얼하게 만드는 세찬 눈보라를 맞으며, 그는 날씨에 모순되게도 실낱같은 희망만을 직시했다.

*   *   *

풍덩, 풍덩, 풍덩!

구조대원들이 입수하는 소리를 들으며.

도수는 바다에 절반쯤 잠긴 선체를 밀듯이 다가간 어선 난간에서 뛰어내렸다.

기포에 휩쓸려 빠져드는 쇠기둥에 발을 디딘 그가 세 사람을 보았다.

이민우가 그 뒤로 착지하며 말했다.

"남자분 두 분부터 배로 가시죠!"

그러자 양대홍 선장이 말했다.

"우린 괜찮습니다! 이분부터 옮기시죠!"

"맞습니다! 다친 사람은 이쪽입니다!"

남윤철도 거들었다.

그들이 가리킨 사람은 최혜정이었다.

이민우가 도수를 쳐다봤고, 도수가 고개를 저었다.

"이분은 저랑 남아서 응급처치를 하셔야 하니 두 분부터 피하십시오!"

이민우가 거들었다.

"유명한 의사 선생님이십니다! 그렇게 하시죠!"

"알겠습니다······!"

남윤철이 바짝 굳어 있는 양대홍을 잡아당겼다. 이미 손발이 꽁꽁 얼어붙어 보라색으로 물든 상태. 동상이 진행되고 있었기에 힘 한 가닥 없었지만 양대홍은 그대로 끌려왔다.

양대홍 역시 상태가 좋지 않은 것이다.

이민우가 어두운 표정을 숨기며 두 사람을 부축했다.

그들이 어선으로 옮겨 타는 사이.

도수는 쪼그려 앉아 최혜정의 상태를 꼼꼼히 체크했다. 지금도 바닷물이 빠르게 차오르고 있었지만 서두를 수 없었다. 치명적인 실수라도 하는 날엔 최혜정의 목숨을 앗아가는 건 바다가 아닌 도수의 손길일 터였다.

"후."

다시 한번, 전장에서의 살 떨리는 느낌이 그를 집어삼켰다.

* * *

담요 여러 개를 덮고 몸을 녹였지만 체온은 쉽게 돌아오지 않았다.

양대홍 선장은 구조 작전이 펼쳐지고 있는 선박에서 눈을 떼지 못했다.

"이렇게 될 줄은······."

자연재해와 기계 오류가 어우러져 맞은편에서 다가오는 어선을 발견하지 못한 것이 발단이었다.

뒤늦게 어선을 발견한 선장은 키를 끝까지 돌렸고, 선박은 어선 대신 암초를 받고 침몰하기 시작했다.

'이대로 있을 수는 없다.'

양대홍은 몸을 일으켰다.

사고는 아무도 예측할 수 없는 형태로 일어났지만, 그는 배를 모는 선장으로서 죄책감을 떨칠 수가 없었다.

하여 다시 여객선으로 넘어가려는 이민우의 소매를 붙잡고 말했다.

"나도 합류하겠습니다."

"……."

이민우는 양 선장의 심정을 읽었다.

하지만.

"마음은 이해합니다. 하지만 여긴 저희한테 맡기십시오."

"어떻게 그럽니까?"

양대홍이 말했다.

"아직도 내 배에 사람들이 갇혀 있습니다. 방송을 한다고 했지만 못 빠져나온 사람들이 대다수일 거예요."

"후."

이민우가 고개를 끄덕였다.

"좋습니다. 단, 물에는 들어가지 마세요."

"근처도 안 가겠습니다."

양대홍은 진심으로 말했다. 평생을 바다와 함께 살았는데 이젠 물만 봐도 치가 떨렸다.

고작 한두 시간 사이에 일어난 변화였다.

바로 그때.

한 선원이 그에게 다가왔다.

"저도 갈게요, 선장님."

박지영이었다.

그녀는 가슴까지 물이 차도록 승객들을 구하다가 간신히 구출된 상태였다.

"다시 들어가겠다고? 괜찮겠나?"

"선장님도 들어가시는데요."

"난 선장이야. 이제 일 년 차 승무원이 뭘 알겠어? 자네 얼굴도 창백한데 좀 쉬고 있는 게……."

"아뇨."

박지영이 단호하게 고개를 저었다.

"제가 나올 때 봤어요. 반대편 객실에 불이 켜져 있는 게, 아직 사람이 있는 것 같았어요. 아직 그쪽까지 안 잠겼을 때 확인해야겠어요. 정말 사람이 있는지. 안 그러면 전 앞으로 잠도 못 잘 거예요."

"후, 그렇게까지 말하니… 알겠네."

두 사람이 막 출발하려 하는 그 순간.

다른 승무원들이 하나둘 모포를 벗고 일어나서 다가왔다.

"지영이도 가는데요. 제가 남을 수는 없죠."

"저도 선장님을 따르겠습니다."

"승객 한 명이라도 더 살려야죠."

"우린 모두 살 수 있습니다. 그래야 돼요."

그들 모두 의지에 불타고 있었다.

쏟아지는 눈발도 녹일 만큼 뜨거운 의지.

양대홍도, 이민우도 그들을 막지 못했다.

"…다 같이 가지."

"명심하세요."

이민우가 말했다.

"자기 몸부터 챙기십시오. 위험할 것 같으면 구조대를 부르세요. 여러분은 구조대원이 아닙니다. 그 의지가 다른 사람의 목숨을 구할 때도 있지만, 도가 넘치면 본인과 다른 사람의 목숨을 모두 잃게 만들 수 있습니다."

"알겠습니다."

양대홍 선장이 승무원들을 뒤돌아보며 덧붙였다.

"들었지? 우린 우리부터 산다. 그리고 승객들을 살린다. 알겠나?"

"예!"

우렁찬 외침.

한두 군데씩 동상이나 부상을 입은 사람들이라고 생각되지 않을 만큼 힘을 내고 있었다.

"좋아. 가자고."

양대홍이 그 선두에 섰다.

*   *   *

최혜정의 허벅지 상처를 지혈하고 상체를 고정시킨 도수는 그녀를 물이 닿지 않는 기둥 상단에 비스듬히 눕힌 뒤 상태를 확인했다.

'안 좋아.'

출혈 때문에 혈압이 떨어지면서 저체온증을 가속화시키고 있었다.

걱정스러운 그의 얼굴을 마주 본 최혜정이 말했다.

"전 괜찮아요."

누가 누굴 위로하는 건지.

"…빨리 가보세요. 저처럼 다친 환자들이 많을 거예요."

그사이 구조대원 둘이 달려와 그녀를 들것에 실었다. 어느새 대원들의 허리 위까지 물이 차 있었다.

도수는 그들을 보며 당부했다.

"최대한 체온을 올려주세요."

"알겠습니다."

"걱정 마십시오."

대답한 구조대원 중 한 명이 덧붙였다.

"선생님도 함께 가시죠."

"아닙니다."

"예? 그게 무슨……."

"저 위로 움직일 생각입니다."

그가 가리킨 곳에는 상체가 구조물에 낀 채 버둥거리고 있는 어린아이가 있었다.

구조물 자체는 성인이면 들어 올릴 수 있을 정도였으나, 뭉개진 상체의 부상이 심각해 보였다.

도수가 구조대원들을 보며 말을 이었다.

"두 분은 저와 함께 움직여 주십시오. 부상자를 옮기고 다시 오세요."

"알겠습니다. 체온 유지. 꼭 전달하겠습니다."

고개를 끄덕인 도수는 구조물을 타고 아이가 있는 곳까지 올라갔다.

아이 상체를 짓누르고 있는 구조물을 간신히 들어서 치워낸 도수가 물었다.

"괜찮아?"

"아으으으으."

아이는 고통에 힘들어했다.

샤아아아아아아아.

투시력을 쓴 도수는 아이의 장기들이 짓이겨졌다는 사실을 알 수 있었다.

구조물의 무게에 의한 것이 아니다.

구조물이 떨어지면서 아이의 배와 가슴을 강타했기 때문에 발생한 부상이었다.

'지금 해줄 수 있는 건 없다.'

아무리 도수라도 물이 차오르는 선체에서 수술을 하는 건 무리였다. 아니, 할 수 있다고 쳐도 수혈할 피도, 피를 매달 장비도 갖춰져 있지 않았다.

"아저씨 붙잡아. 움직이자."

도수가 아이를 부축하는 순간.

콰르르르르르르르!

굉음과 함께 선체가 크게 흔들렸다.

"……!"

이곳과 어선을 이어주던 쇠기둥이 바다 밑으로 가라앉고 있었다.

"젠장."

주위를 둘러봤으나 빠져나갈 길이 보이지 않았다. 그렇다고 배 속이 뭉그러진 아이를 데리고 수영을 하는 건 미친 짓이다.

'어쩐다?'

죽음의 위기 속에서도 이성적인 도수였지만 모든 해답을 알고 있는 것은 아니었다.

이런 경우 정말 '기도밖에 할 수 없다'는 말이 어울렸다.

바로 그때.

달달달달……

안개 속에 그림자가 생기더니, 도수가 타고 온 것처럼 허름한 어선들이 줄줄이 나타났다.

그들이 처음 끌고 온 두 대의 선박이 아니었다.

육지에 남아 있던 구조대원은 물론이고 민간인들까지 그곳에 있는 민간 어선을 모조리 끌고 현장으로 들어온 것이다.

"그 말이 맞았어."

그들이 탄 배의 선장에게 들은 기억이 있었다.

자기 배는 자기가 더 잘 안다고.

이 정도면 운항할 수 있다고.

그리고 정말 그의 말처럼, 어선들이 현장까지 도착했다.

도수가 그랬듯 오면서 몇 차례 고비는 있었겠으나 또 다른 선박이 침몰한 것 같진 않았다.

그랬다면 그들이 여기까지 오지도 못했을 테니까.

"살았다."

도수가 아이를 향해 중얼거렸다.

순식간에 구조대에서 구조 대상이 됐고.

이제 다시 구조대가 될 차례였다.

도수는 손을 흔들며 주위를 훑었다.

'다른 사람들은?'

배에 빠진 사람들이 수면 위로 고개를 내밀고 있었다. 그리고 어선들이 각종 구조 장비와 그물을 이용해 그들을 건져 올리고 있었다.

도수 곁에 있던 어린아이가 실눈을 뜨고 그 모습을 보며 물었다.

"저… 죽어요……?"

"아니."

도수가 말했다.

"이렇게 아름다운 세상 오래 살아야지, 죽긴 왜 죽어?"

그는 아이의 상태를 다시금 확인하며 덧붙였다.

"아저씨가 다 낫게 해줄게. 걱정마라."

"엄마는……."

"곧 만나게 될 거야."

그래, 그렇게 될 거다.

반대편으로 고개를 돌린 도수의 시선이 닿는 곳.

그야말로 모세의 기적처럼 안개가 갈라지며 거대한 함선 한 척이 다가오고 있었다.

기존 구조 작전에 뛰어든 어선들을 깔아뭉갤 기세로 진격하는 거대한 함선.

바로 임옥순이 보냈다는 것을 알려주듯 선체에는 오성그룹의 브랜드마크가 프린팅 되어 있었다.

"더럽게 늦게 오네."

도수는 쓴웃음을 지었다.

그래도 미소 지을 수 있는 건, 이 상황을 한 방에 해결해
줄 히든카드가 등장했기 때문이다.

*   *   *

임옥순은 마치 마실을 나온 것처럼 갑판 난간에 서 있었다.
그러나 표정은 편치 못했다.

그 옆에 있던 나유하가 말했다.

"…끔찍해요."

손이 덜덜 떨리고 있었다.

"끔찍하지."

임옥순은 부정하지 않았다. 숱한 경험이 있는 그녀였지만,
지금 이 순간만큼은 세월의 힘이 지켜주지 못했다.

그럼에도 그녀는 이성을 잃지 않았다.

"우리가 가진 것들이 얼마나 큰 힘을 발휘할 수 있는지. 우
리가 왜 이것들을 지키려고 하는지 잘 보렴."

"그게 무슨 말씀이세요?"

"우린 저 사람들을 다 살릴 거야."

"아… 그래서!"

어쩐지.

나유하는 그럼 그렇지 하는 표정으로 풀이 죽었다. 할머니
가 아무런 이유도 없이 직접 헬기까지 타고 가서 해운 쪽 책

임자를 닦달했을 리 없다. 도수가 걱정돼서? 그런 것도 있겠지만 그게 진짜 이유는 아닐 터.

임옥순이 말했다.

"이 할미가 어마어마한 손실을 떠안는 모험을 한 이유가 뭔 것 같니."

"잘 모르겠지만 사람들을 구하고 싶어서라는 대답이 듣고 싶네요."

"그건 당연한 거고."

임옥순이 말을 이었다.

"큰 힘을 쓰는 데에는 날파리가 많이 꼬이게 마련이다. 우리가 나라가 정한 항로까지 막아가며 여기 온 걸 알게 되면 날파리들이 시끄럽게 굴 거야. 좋은 일을 하고도 방법이 틀렸다며 시험대에 오르겠지. 내가 그런 수고를 감수하고서라도 이곳에 온 건 단지 안타까운 사고를 막기 위해서만은 아니란다."

"…지금만큼은 안 듣고 싶어요."

"그래도 들어. 이미 손실을 봤다면 앞으로 뭘 얻을지 고민해야 하는 거야. 우린 이 일로 엄청난 여론의 지지를 얻게 될 거다. 왜냐하면."

"왜요?"

"저 사람들을 모두 구할 거거든. 내가, 그리고 우리 오성그룹이."

그녀의 말처럼.

나유하의 동공에 비친 장면은 잠수부들을 가득 태운 수백
대의 구명정이 내려지는 모습이었다.

"…아뇨."

"뭐?"

"저 사람들을 구한 건 이도수 선생이에요."

"왜지?"

"그 사람의 부탁이 없었다면 할머니는 몇 시간 만에 수십
억을 써가며 움직이지 않으셨을 테니까."

"그래도 움직인 건 나다."

"이도수 선생이었다면 다른 누군가의 부탁 없이도 움직였을
걸요. 전 그 사람처럼 되고 싶어요. 할머니처럼이 아니라."

임옥순은 화를 내는 대신 눈에 이채를 띠었다. 나유하가
자신 앞에서 이런 식으로 두 눈 똑바로 뜨고 이견을 피력하
는 건 처음 있는 일이었기 때문이다.

나유하는 댐이 무너진 강물처럼 거침없이 말을 이었다.

"보세요. 물에 흠뻑 젖은 채 환자를 구하는 저 사람을. 저
런 모습은 얼마를 들여도 절대 볼 수 없어요."

그녀의 시선이 향한 곳에는 도수가 있었다.

제12장

의사(醫師)에서
의사(義士)로

도수는 어린아이의 복부를 확인했다.

샤아아아아아아.

'출혈이 심해.'

도수의 눈에는 똑똑히 보였다.

떨어진 구조물에 의해 부러진 뼈.

그리고 깨진 장기들이.

"빌어먹을."

거친 욕설을 뱉은 도수는 빠르게 주위를 훑었다. 저 멀리
다가오는 구조대원들이 보이는 그때.

좌아악!

파도가 들이쳤다.

도수는 순간적으로 가방을 멘 팔을 뻗어 아이를 껴안았다.

쾅!

"큭."

구조물에 부딪치자 등짝이 찌르르 울렸다. 팔꿈치가 찢어졌는지 얼얼했다. 파도가 썰물처럼 빠져가기 무섭게 도수는 아이를 바닥에 눕혔다.

"후아, 후……."

식은땀이 흘렀다.

부딪친 구조물 벽면에 솟아 있는 날카로운 못 끝.

쳐다보는 것만으로도 간담이 서늘했다.

하마터면 아이를 구하긴커녕 부상자가 되어 아이 옆에 나란히 누울 뻔했던 것이다.

구조 작업은 한시 앞을 예측할 수 없을 정도로 위태로웠다.

그럼 배 안에서 들어오는 환자를 돌보면 되지 않느냐고?

의사의 일은 구출이 아닌 치료 아니냐고?

그런 의문을 가질 수도 있겠지만, 아이의 상태를 본다면 절대 그런 생각은 못 할 터였다.

그때 구조대원들이 물었다.

"괜찮으십니까?"

우연히도 날아온 쪽이 구조대원들이 위치한 방향이었다.

그들을 본 도수가 물었다.

"들것은?"

"파도에 휩쓸려 버렸습니다."

구조대원들이 난색을 표했다.

"업을까요?"

"큰일 납니다."

고개를 내저은 도수는 가방에서 압박붕대를 꺼내 아이의 몸을 감기 시작했다.

슥, 스윽.

빠른 손놀림.

다시 파도가 들이치기 전에 아이를 옮겨야 했다.

슥……

"능숙하네요."

구조대원이 주위를 훑으며 선배 구조대원에게 말하자.

그 말을 들은 구조대원이 대답했다.

"쓸데없는 소리 말고 다른 부상자 있나 빨리 살펴."

"알겠습니다."

"파도 오는지도 좀 보고."

이 밤에.

그게 보일 리가 있나?

그러나 후배 구조대원은 토 달지 않았다.

"예."

그사이 아이의 작은 체구를 압박붕대로 둘둘 감은 도수가 고개를 들었다.

"배 속이 엉망입니다. 뼈가 부러져서 잘못 움직이면 상처를 찌를 수 있어요. 이미 손상된 장기의 상처가 벌어질 수도 있고요. 한 분은 이쪽에서 잡으십시오."

도수가 위치를 정해주었다.

"나머지 한 분은 이쪽에서."

균형을 맞추려는 것이다.

고정할 만큼 고정했지만 완벽한 고정은 불가능했다.

그러나 도수는 배 속을 꿰뚫어 볼 수 있는 능력이 있었기에, 어떻게 잡아야 흔들리더라도 뼈가 장기를 찌르거나 상처 입은 장기의 손상 범위가 커지지 않을지 예견할 수 있었다.

구조대원 둘이 붙어서 아이를 들어 올리자.

도수가 단단히 못 박았다.

"구명정까지 정말 조심하셔야 합니다. 돌아가는 즉시 의료진에게 수술 준비 하라고 일러두세요."

"배에서요?"

"간단한 수술 도구들은 챙겨 왔습니다."

"아무리 그래도……."

토를 다는 후배 구조대원에게 눈을 부라린 선배 구조대원이 말을 잘랐다.

"알겠습니다."

그가 이어 물었다.

"한데 선생님은 안 가십니까? 여긴 위험합니다."

도수도 돌아가고 싶었다. 그러나 다친 아이를 보니 발걸음이 떨어지지 않았다. 아이 역시 그가 아니었다면 최적의 응급 처치를 받지 못했을 테고, 다른 구조대원들이 녀석을 발견했다면 이곳에서 빼내는 것에만 집중했을 것이다.

나름대로 고정시키고 움직임을 최소화하려고 노력하긴 했겠지만, 도수처럼 몸속 내부를 들여다보지 않는 이상 이 난리 통에 안정적으로 고정시키기는 불가능에 가까웠다. 아니, 설령 몸속을 볼 수 있더라도 숙련된 정형외과 의사가 아니라면 쩔쩔맬 터였다.

도수가 가능했던 이유는 전쟁터에서 외상 환자를 워낙 많이 다뤄봤기 때문이었다.

물론 투시력의 도움을 받은 것도 있고.

'두렵다.'

방금처럼 파도에 휩쓸릴까 봐, 혹은 못이 튀어나온 구조물에 부딪쳤다 크게 다칠까 봐 두려웠다. 꼭 죽거나 크게 다치지 않더라도.

사고를 당해 손이라도 다치는 날에는 써전으로서의 생명이 끝날지도 모른다.

하지만 도수는 두려움을 부수며 말했다.

"전 남겠습니다."

"아니, 왜……"

후배 구조대원의 말에 그가 눈짓했다. 결정적인 순간에 도수의 발목을 잡은 건, 갑판 난간에 걸쳐져 있는 남자였다.

위험천만한 전장에서도.

늘 이런 장면이 그의 발길을 이끌었다.

"맙소사."

"먼저 가십시오."

그렇게 말한 도수는 구조물을 타고 올라가기 시작했다. 뒤는 돌아보지 않았다. 구조대원들이 비명처럼 외치는 걸로 봐선 이리 오라고 손짓하고 있을 것이기 때문이다. 한 발, 한 발 떼며 남자한테 가까워질 때마다 그를 구해야겠다는 다짐은 강건해지고 손발에 힘이 더 실렸다.

턱!

난간을 잡은 도수가 몸을 끌어 올렸다.

난간에 걸터서서 위태롭게 걸려 있는 남자를 바라봤다.

샤아아아아아아아.

투시력이 발휘됐다.

이마가 찢어져 출혈이 일어나고 있었다.

그러나 진짜 문제는 눈에 보이는 출혈이 아니었다.

뇌 속.

미미한 출혈이 발생하고 있었다.

"빌어먹을."

그야말로 엎친 데 덮친 격.

'이건 너무하잖아?'

남자의 상태는 어린아이 때보다 심각했다. 이 남자를 살릴 수 있을까. 아니, 이 난간에서 탈출할 수 있을까. 어선으로 옮길 수만 있어도……

수많은 상념이 뇌리를 스치며 복잡하게 얽혔다.

"후."

숨을 뱉은 도수는 생각을 차단했다.

지금 해야 할 건 생각이 아닌 행동이다.

그는 난간을 밟고 위태롭게 일어섰다.

직각으로 솟은 난간 위에서 깜깜한 수면을 바라보니 심연처럼 아찔했다.

지옥이 다른 곳에 있지 않았다.

저 심연 속으로 빨려 들어가는 순간이 지옥으로 가는 통로가 아닐까.

그런 생각이 절로 치밀 만큼 섬뜩한 장면이었다.

"후, 후우."

눈을 감고 심호흡한 그가 눈을 떴다.

아래를 보지 말자.

딱 레펠 높이.

그래, 레펠도 탔는데.

그렇게 마음을 다지며 도수는 환자를 난간 위로 눕혔다. 발이 몇 번 미끄러지며 간담이 서늘했지만 땀을 뻘뻘 흘린 결과

간신히 바로 눕힐 수 있었다.

'어떻게 구출하지?'

구조대원들이 갑판 구조물을 타고 난간까지 올라올 수도 있다.

그러나 기적처럼 올라온다 하더라도 환자를 내리려면 필연적인 움직임이 수반된다.

뇌출혈 환자를 억지로 움직이는 건 죽음을 재촉하는 짓이나 다름없다.

'배가 완전히 가라앉는 순간.'

도수는 그 순간을 노렸다.

그러려면 그때까지 환자가 무사히 누워 있어야 한다.

그는 가방끈을 풀어 환자의 어깨와 허벅지를 난간에 동여매고 바람막이를 벗어 목뒤를 받쳤다.

그러고는 혹시라도 경련을 일으켜 혀를 깨물지 않도록 입에 거즈로 둘둘 말은 레이저포인터를 물려줬다.

그다음 뒷주머니에서 해양 구조대용 방수 무전기를 꺼낸 도수는 입을 가져다 댔다.

"응답하라. 여긴 천하대 구조 팀. 반복한다, 여긴 천하대 구조 팀. 응답하라."

칙, 치직.

말을 안 듣는다.

그는 살짝 감정을 담아 무전기로 난간을 두드렸다.

탁! 탁!

치지직.

"여긴 천하대 구조 팀……."

─들린다, 오버. 잘 들린다.

"들리나?"

─들린다, 천하대 구조 팀.

"현재 위치 갑판 난간. 뇌출혈 환자 발생. 구명정을 선미 주위에 배치해 주길 바란다. 침몰하는 순간 구조한다. 구조대원들이 최대한 조심할 수 있게 전하도록. 오버."

─알겠다, 오버.

타이타닉 같은 거대함선이라면 가라앉는 순간 구명정까지 와류에 빨려 들어가겠으나 여객선의 규모상 그 정도 와류를 일으킬 수는 없었다. 더욱이 지금처럼 다른 쪽으로 몰아치는 파도가 거센 상태라면.

오히려 악재가 호재가 된 셈이다.

자.

이제 기다리는 일만 남았다.

혹은 기도하거나.

샤아아아아아아.

도수는 환자의 상태를 거듭 확인했다.

뇌출혈.

다행히 출혈 위치도 나쁘지 않았고 심각한 출혈이 발생하

진 않았다. 출혈이 심해지면 뇌를 압박하기 때문에 손상 범위
가 커질 수 있지만 하루 이틀은 버틸 만했다.

문제는 환자의 컨디션이 최악이라는 것.

그리고 뇌출혈 자체가 심각한 부상이라는 점이다.

"꼭 살아서 밥 한 끼 사요."

도수는 의식도 없는 환자한테 그리 말하며 밤하늘을 올려
다봤다.

어두워서 그런가?

아니면 근래 하늘을 보지 못해서 그런 걸까?

빌어먹게도 너무 아름다웠다.

마치 라크리마에서 봤던 하늘처럼.

땅 위는 지옥, 하늘은 천국.

그때와 같은 기분이 들었다.

"천국은 개뿔. 개똥밭에서 굴러도 이승이 낫지."

중얼거리는 도수.

구조 작업은 어느 정도 진행됐을까?

그런 의문을 남기며, 그들이 있는 자리가 하강하기 시작했
다.

거대한 기포를 일으키며.

배가 가라앉고 있었다.

콰콰콰콰콰콰콰콰······.

도수는 난간을 단단히 붙잡고 정신을 바짝 차렸다.

그리고 어느 정도 가라앉았을 때, 한 손을 떼고 남자를 동여맸던 가방끈을 풀었다. 그 대신 남자가 흔들리거나 떨어지지 않도록 몸을 눌렀다.

콰아아아아아아!

배가 완전히 가라앉기 직전 구명정들이 다가왔다.

파도를 가르며 다가오는 구명정들이 그렇게 반가울 수 없었다.

'수면 아래 잠기는 순간 물속으로 빨려 들어간다.'

난간 아래 다가온 구명정 한 척에서 구조대원이 외쳤다.

"뛰어요!"

"뇌출혈 환자입니다! 조심해요!"

도수는 남자부터 내렸다.

구조대원들 몇몇이 바로 아래 위치해 남자를 아슬아슬하게 받았다.

콰아아아아아아아!

도수가 난간 아래로 뛰어내리려는 순간, 물이 순식간에 차오르며 밟고 뛸 곳이 사라졌다.

"어!"

"잡아!"

비명은 파도에 휩쓸리듯 물소리에 사라져 버렸다. 그리고 찾아온 어둠.

도수는 심연 속으로 끌려 들어가는 느낌이 들었다.

구명조끼의 부양력 따위는 아무런 도움이 되지 않았다.

그렇게 수 시간 같은 찰나를 보낸 도수는 정신이 번쩍 들었다.

'헤엄쳐야 산다!'

그리고 미친 듯이 팔다리를 위에서 아래로 휘젓기 시작했다.

그야말로 혼신의 힘을 다해.

몇 번 휘저었을까.

그의 얼굴이 수면을 뚫고 솟구쳤다.

"푸하!"

"잡아요!"

"잡으십시오!"

구조대원들이 내미는 손을 잡은 도수는 그들에 의해 끌어올려졌다.

"쿨럭, 쿨럭!"

바닷물을 뱉은 도수가 고개를 홱 돌려 환자를 쳐다봤다.

샤아아아아아아아아.

환자의 상태는 크게 달라진 것이 없었다.

구출 방법이 문제였는데, 천운이 따랐는지 성공한 것 같았다.

해서 도수는 벼락처럼 고개를 쳐들며 물었다.

"사상자는요?"

구조대원들은 서로를 쳐다보며 웃음을 터뜨렸다.

그래, 웃을 수 있다는 건.

최악의 상황은 벗어났다는 증거다.

털썩.

엉덩방아를 찧은 그에게.

구조대원이 말했다.

"기적이 일어났습니다. 오백십이 명 중 오백십이 명."

"……."

"전원 다 구출했습니다."

왈칵.

눈물이 흘렀다.

"정말입니까?"

"네. 부상자는 많지만 사망자는 없습니다. 물론 모든 상황이 끝난 건 아니고 심각한 부상을 입은 사람도 있습니다. 선생님이 필요합니다."

"살아 돌아오신 걸 환영합니다."

그들도 뭉클한지 눈가를 붉히고 있었다. 그들 역시 본 것이다. 단 한 사람. 배로 돌아오지 않고 끊임없이 부상자들을 구하던 의사를.

의사(醫師)이자 의사(義士)인 존재를.

"다행입니다. 정말 다행이에요."

중얼거리던 도수는 멍하니 환자를 보다가 어선으로 고개를 돌렸다.

어선에는 수많은 환자가 기다리고 있었다.

그들을 모두 살려서 돌아가지 않는 이상 사상자는 제로가 아니다.

다시 말해 도수의 일은 이제부터 시작이란 뜻이었다.

"이 상황이 이렇게 반가울 줄이야."

그는 아직 정신이 온전히 돌아오지 않았는지 독백했다.

다신 하고 싶지 않은 일이었다.

솔직히, 라크리마에서 했던 경험에 비견될 수 있을 만큼 막막하고 끔찍했던 기억이다.

그럼에도 지금은 절반쯤 해냈고, 더 큰 희망을 향해 나아가고 있었다.

"도착하면……."

그 말에 구조대원들이 고개를 돌렸다.

도수가 목청을 가다듬고 말을 이었다.

"구조 대장님한테 전해주세요. 환자 분류부터 하겠다고."

구조 대장 이민우는 현장 책임자다.

빠른 대처를 위해선 알아둘 필요성이 있었다.

"알겠습니다."

도수가 말을 이었다.

"수술이 급한 환자부터 오성그룹 선박으로 옮길 겁니다. 어선에선 수술이 힘들지만 오성그룹 선박은 좀 다를 겁니다."

어선들은 파도에 이리저리 흔들리지만 오성그룹의 선박은 아니다. 고깃배가 갈치라고 치면 오성그룹 선박은 흰수염고래 다. 고깃배들 수십 대를 줄줄이 세워도 따라가기 힘든 규모의 선박인 것이다.

그곳이라면, 수술이 가능할지도 몰랐다.

눈을 동그랗게 치뜨고 있던 구조대원이 물었다.

"수술이요? 배에서 수술을 하시겠다는 겁니까?"

장기가 깨진 아이가 떠오른 도수는 고개를 끄덕였다.

"배에서라도 수술하지 않으면, 육지로 돌아갈 때까지 부상자 수십 명이 생명을 잃을 겁니다."

*   *   *

어선에 들어선 도수는 의료 팀과 재회했다.

헝클어진 머리카락, 핏기 없는 얼굴, 바들바들 떨리는 몸, 속옷까지 홀딱 젖은 몰골.

도수는 피식 웃음을 터뜨렸다.

"꼴이 말이 아니네요."

"…사돈 남 말 아니에요?"

강미소는 짐짓 황당한 표정을 지었지만 입 밖으로 나온 농담과는 달리 눈물을 글썽였다.

도수는 미소를 보였다.

"모두 무사해서 다행입니다."

두 사람이 웃을 수 있는 이유는 하나.

비에 젖은 생쥐 몰골이든 뭐든 살아 있음에 웃을 수 있었다.

그 미소를 본 강미소는 순간 울컥했다.

"센터장님은 왜 안 무사하세요?"

도수는 느끼지 못하고 있었지만 그의 상태가 가장 안 좋았다. 깨진 이마, 다 터진 입술. 눈에 보이진 않지만 팔꿈치나 등에도 멍이 들었을 것이다.

그를 빤히 응시하던 강미소가 거즈를 한 뭉텅이 들고 다가왔다.

"좀 봐요."

그 순간.

허름한 어선과 어울리지 않는 금발의 미녀가 끼어들었다.

"잠깐."

"외국인?"

강미소는 이 와중에도 상대를 스캔했다.

작은 얼굴에 새하얀 피부, 에메랄드 빛깔로 신비하게 빛나는 눈동자, 압도적인 볼륨감이 어우러져서 저도 모르게 기가 죽었다.

자기도 모르게 아래를 내려다본 그녀가 고개를 들며 물었다.

"누구신지……"

금발의 미녀.

매디 보웬이 대답했다.

"타임스의 매디 보웬 기자예요."

"뉴욕타임스?"

"네."

생긋 웃은 그녀가 말을 이었다.

"닥터 리의 모습을 있는 그대로 사진에 담고 싶어요. 여러 분이 구조하는 모습을 고스란히 담은 것처럼."

강미소가 도수를 보며 눈으로 의사를 묻자.

도수가 대답했다.

"편한 대로 하세요."

"두 분 다 그대로 있어요."

매디 보웬은 사진기를 들고 셔터를 몇 차례 눌렀다.

찰칵, 찰칵, 찰칵.

그녀가 사진기를 내리며 말했다.

"닥터 리는 찍었고… 배에 남아서 모든 순간을 카메라에 담고 싶은데."

도수가 한쪽에 있는 이민우를 가리켰다.

"현장 책임자한테 허락받으시면 됩니다."

"고마워."

다시 한번 미소를 보인 그녀가 이민우에게로 갔다.

매디 보웬의 뒷모습에서 눈을 뗀 도수가 넋 놓고 있는 강미
소의 거즈를 가로채며 말했다.

"가죠. 이러고 있을 시간 없습니다."

"아, 예……."

얼른 따라붙은 강미소가 매디 보웬의 뒷모습에서 눈을 떼
지 못하고 물었다.

"근데 누구예요?"

"들었잖아요? 기자라고."

"외모는 실사판 엘프인데 추진력은 코뿔소 같네요."

이 생지옥에 자진해서 뛰어들 생각을 하다니.

그러나 매디 보웬의 과거를 알았다면 그런 말은 못 하리라.

피식 웃은 도수가 말했다.

"야생마 같은 여자죠."

이후, 천하대 의료 팀을 비롯한 각 병원 의료 팀은 쉬지도
못하고 환자를 봤다.

사이사이 응급처치를 해가며 오성그룹 선박에 보낼 환자들
을 분류하는 것이다.

정신없이 환자를 보고 있는 그때.

오성병원 의료 팀 쪽에서 한 사람이 도수에게 다가왔다

"이도수 센터장님?"

"네, 제가 이도수입니다. 무슨 일로……?"

"반갑습니다. 오성병원 응급센터장 강석현입니다. 지금부터

오성그룹 선박으로 분류하신 응급환자들은 저희 오성병원에서 전담하겠습니다."

상의하는 것이 아니었다.

통보하는 거다.

근처에 있던 양진명 교수가 그 얘길 들었는지, 둘 사이에 끼어들었다.

"우리 환자 너희 환자 분리할 것 없이 힘을 합치는 편이 환자들을 위한 길입니다."

"성함이?"

"양진명입니다. 아로대학병원 응급외상센터를 맡고 있습니다."

"양진명 교수님."

오성병원 의료 팀을 책임지고 있는 강석현이 말을 이었다.

"두 분 명성은 익히 들었습니다. 김광석 교수님까지 쟁쟁한 분들이시죠. 하지만 담당할 환자를 명확히 하는 편이 더 빠른 작업을 위해 능률적이라는 판단입니다."

"아니, 그런 판단은 어디서……"

그 순간.

도수가 말을 잘랐다.

"알겠습니다."

"……!"

눈을 부릅뜬 양진명이 물었다.

"그냥 받아들일 생각인가?"

도수는 두 사람을 보며 말했다.

"실랑이하고 있을 시간 없습니다. 수술이 필요한 환자들을 따로 분류하곤 있지만 사실상 구출된 모든 인원들이 골든아 워에 접어든 상태예요."

"……."

양진명이 불편한 표정으로 한발 물러서자.

도수가 강석현 센터장에게 말했다.

"오성그룹 선박으로 옮기는 환자들은 당장 수술이 필요한 환자들입니다."

"저희가 알아서 하겠습니다."

강석현은 들으려고 하지 않았다.

나지막이 한숨을 내쉰 도수가 대답했다.

"그러시죠."

그는 더 이상 지체하지 않고 다음 환자에게 향했다. 그가 눈앞의 환자에게 집중하고 있을 무렵.

바로 뒤에서 응급처치를 마친 김광석이 말을 걸어왔다.

"괜찮겠나?"

"꼭 제가 수술할 필요는 없으니까요."

시간에 쫓기는 환자는 오성그룹 선박으로 옮겨질 환자들만 이 아니었다.

오백십이 명.

이곳에 있는 의료진들만으로 커버하기에는 손이 열 개라도 부족한 환자 수였다.

김광석은 고개를 끄덕였다.

그러면서도 한마디 덧붙이지 않을 수 없었다.

"여기서조차 특혜 문제를 보게 되는군……."

오성병원에서 자진해 중태에 빠진 환자들을 맡는 이유는 간단했다.

그들 중 중요한 환자가 있는 것이다.

여기서 '중요한 환자'라고 함은 특별한 사회적 지위를 가진 환자를 뜻한다.

그 환자 한 명만 빼가기 어렵다고 판단이 서자 오성그룹 선박으로 이송하는 모든 응급환자들을 요구한 셈이다.

도수도 이 같은 사실을 눈치채고 있었지만 내색하지 않았다.

실랑이를 벌여봐야 시간만 까먹고 그럴듯한 결론은 도출할 수 없을 터였다.

이번 사건에서 오성그룹의 역할이 너무 컸기 때문이다.

"우린 우리가 할 수 있는 일에 집중하죠."

그 말에 고개를 끄덕인 김광석이 다시 손을 놀렸다.

*   *   *

몇 분이 지났는지 가늠할 수 없었다.

정말 정신없이 시간이 갔다.

그렇게 한참을 환자 보는 데 집중하고 있을 무렵.

오성그룹 선박에서 나타난 구명정 한 척이 이쪽으로 건너왔다.

구명정에서 내린 남자는 강석현이 데리고 왔던 의료 팀 인원 중 한 명이었다.

"오성병원 응급센터 소속 레지던트 김명승입니다. 이도수 센터장님 어디에 계십니까?"

얼굴이 창백하게 질려 있었다.

추위 때문이라고 하기에는 표정 자체가 심하게 불안하고 초조해 보였다.

"이쪽으로 오십시오."

이민우는 그를 데리고 도수에게로 갔다.

막 환자의 상처를 봉합한 도수가 인기척을 느끼고 고개를 돌렸다.

이민우가 입을 떼기도 전에, 김명승이 그새를 참지 못하고 앞으로 나서며 말했다.

"센터장님, 저희 센터장님께서 급히 찾으십니다!"

"……."

표정만 봐도 보통 일이 아니라는 것쯤은 알 수 있었다.

장갑을 벗은 도수가 김광석에게 말했다.

"다녀오겠습니다."

"여긴 걱정 말고."

출혈로 혈압이 떨어지고 있는 환자들은 대부분 처치가 끝난 상황이었다.

고개를 끄덕인 도수가 김명승에게 말했다.

"가시죠."

그들은 구명정을 타고 오성그룹 선박으로 향했다. 가는 도중, 김명승이 상황 설명을 해주었다.

"삼십 대 남자 환자입니다. 센터장님께서 뇌출혈이 의심된다는 소견을 냈던 환자인데 기억하십니까?"

갑판 난간에서 발견하고 마지막으로 구출했던 환자를 말하는 것이다.

"'의심된다'가 아닙니다."

"예?"

레지던트가 알아듣지 못하자 도수가 덧붙였다.

"의심이 아니라 확신이란 말입니다."

"……."

레지던트는 선뜻 못 믿는 눈치였다.

검사도 없이 뇌출혈 소견을 낼 수 있는 건 도수뿐이었으니까.

도수가 물었다.

"그래서, 증상은요?"

"제가 나오는 시점에는 경련이 있었습니다."

뇌출혈 환자한테 충분히 있을 수 있는 증상이다.

이송 중 특별한 문제가 생겼다고 보기는 힘들었다.

"일단 가보죠."

"실례지만 질문 하나 드려도?"

도수가 쳐다보자 김명승이 물었다.

"무슨 근거로 뇌출혈이란 진단을 하셨던 겁니까?"

그는 레지던트.

도수는 엄연히 센터장이다.

아무리 서로 다른 병원 소속이라 해도, 일개 레지던트가 센터장의 진단에 어떠한 근거 없이 토를 다는 것은 굉장히 무례한 언사였다.

그러나 도수는 크게 개의치 않았다.

"사람이 다치거나 아프면 작든 크든 몸에 어떤 상호작용이 일어나게 마련입니다. 세심한 의사는 그 같은 증상들로 환자의 상태를 알아채죠."

"하지만 몇 가지 증상만으로 뇌출혈이라고 확신하는 건 섣부르지 않을까요?"

"병원에 도착하는 대로 검사를 해보면 알 일입니다. 직접 봐야 확실해지겠지만 지금 당장 응급수술이 필요한 환자는 아니에요."

"다른 수술도 아니고, 배에서 뇌수술을 할 수 있을 리가……."

그건 도수가 봐도 조금 위험한 판단이었다.

해서 그는 고개를 끄덕였다.

"위험하죠."

"큰일이네요. 저희 센터장님께선 센터장님이 이 문제를 해결해 줄 수 있으실 거라고 하셨는데."

도수는 쓴웃음을 삼켰다.

정확히 환자에게 어떤 문제가 있는지 파악도 못 하면서 문제 해결을 기대한다고?

아니.

책임 전가를 시키려는 것이다.

그는 오성병원 의료 팀이 응급환자들을 떠맡은 이유가 그 남자란 것을 직감했다.

"뭐, 해결할 수 있을지 없을지. 두고 보자고요."

그걸 끝으로 도수는 입을 닫아버렸다.

레지던트도 더는 말을 걸지 않았다.

처음 도수를 부르러 왔을 때보다 훨씬 표정이 차분해져 있었다.

작은 차이였지만 도수는 그 원인을 알 수 있었고, 모른 척했다.

눈앞의 레지던트나 선박 안의 오성병원 응급센터장 생각이 훤히 들여다보였다.

최초 진단을 한 도수가 지원 요청을 오케이 하고 오성그룹 선박에 탑승하기만 한다면 남자가 잘못됐을 때 모든 책임을 뒤집어씌울 수 있다고 판단하는 것이다.

여기서 도수에게 든 감정은 분노도 실망도 아닌 의문이었다.

'도대체 누구기에 오성에서 눈치를 보는 거지?'

그저 그게 궁금할 따름이었다.

*   *   *

거대한 선박.

이곳에는 간이 수술실이 자리 잡고 있었다.

언제 이런 준비를 다하고 온 것인지, 놀라움에 놀라움을 더한다.

오성의 저력은 도수의 기대치를 한참 넘어섰다.

간이 수술실을 지나 특실 앞에 다다르자 그를 기다리고 있던 응급센터장 강석현이 말을 걸었다.

"어서 오십시오."

"대충 들었습니다. 경련을 일으켰다고."

"맞아요. 이 센터장이 환자분을 뇌출혈이라고 진단했기에 이렇게 모신 겁니다."

강석현은 레지던트처럼 '어떻게 진단했느냐'고 묻지 않았다.

"다행히 지금은 좀 안정을 찾은 상태십니다. 원인도 파악하셨으니 치료에도 도움을 주셨으면 합니다."

"그러죠."

도수는 특실 문을 열고 들어갔다.

갑판 위에서 생사고락을 함께했던 남자가 누워서 그를 쳐다봤다.

"이도수입니다."

"선생님이……."

남자가 말을 이었다.

"제 목숨을 구해주신 분이로군요."

목이 메는지 발음은 어눌했고 눈시울까지 붉히고 있었다.

주변을 둘러본 도수가 말했다.

"좋은 데 계시네요. 왜 갑판 위 난간에 그렇게 계셨던 겁니까?"

도수는 파악하라던 환자 상태는 파악하지 않고 사적인 질문이나 던졌다.

그 모습에 뒤에 서 있던 강석현이 눈살을 찌푸렸지만 함부로 끼어들지 못했다.

'뭐 하는 거지?'

그러든 말든 남자는 미소를 지으며 대답했다.

"사람들을 피신할 수 있게 도왔습니다. 아무래도 다 큰 남자가 힘도 세고 도망칠 때도 여러모로 유리하니까요."

"많이 구하셨나요?"

"꽤 많이 구했습니다. 몇 명인지는 기억 안 나지만 제법 많은 사람들이 피신했을 겁니다."

뿌듯한 얼굴을 한 그의 안색이 급격히 어두워졌다. 그리고는 나지막이 물었다.

"몇 사람이나 죽었습니까……?"

"한 명도요."

"예?"

"환자분 같은 분들 덕분에 모두가 살았습니다."

"……!"

남자는 무어라 말하지 못했다.

그러더니 왈칵 눈물을 터뜨렸다.

"…젠장. 하! 하느님 감사합니다. 감사합니다……."

그 모습을 말없이 지켜보던 도수가 말했다.

"많이 다치신 걸 들으셨을 텐데 그것에 관해선 안 물어보시는군요."

"이제 죽어도 여한이 없습니다."

남자는 눈물범벅이 된 얼굴로 고개를 들었다.

"전부 다 살았다잖아요? 이 일보다 중요한 일이 어딨습니까. 감사할 따름입니다. 감사해요."

그가 도수의 손을 붙잡았다.

"선생님도 많이 다치고 지치신 것 같습니다. 큰 빚을 졌습니다. 감사합니다. 감사합니다……."

도수는 자세를 낮춰서 눈높이를 맞추며 미소지었다.

"앞으로 더 큰 빚을 지게 되실 텐데, 너무 벅차면 안 갚으셔
도 됩니다."

"그게 무슨……?"

도수는 이미 한참 전부터 두 눈을 반짝이고 있었다. 어느
새 투시력을 쓰고 있었던 것이다.

그리고 그는 남자의 뇌 속을 살폈다.

전처럼 출혈도 심하지 않고 출혈 위치도 나쁘지 않았다. 거
기다 하나 더. 그의 의협심을 하늘이 도왔는지 더 이상의 출
혈이 발생하지 않았다.

반대로 말하면 빠른 시간 내에 수술을 하기보다 어느 정도
피가 굳을 때까지 기다렸다가 수술을 하는 편이 효과적이었
다.

지금 당장 머리를 열고 수술할 경우 석션으로 피를 빼내는
과정에서 뇌에 부담이 가거나, 피가 다른 곳까지 흘러 들어갈
수도 있었기 때문이다.

물론 이건 일반적인 수술법에 비해 더욱 정교한 고차원의
수술을 할 수 있는 도수에 국한된 판단이었다.

"저한테 수술을 받겠다고 하세요."

그래야 환자에 대한 권한을 가질 수 있고, 환자를 자신의
방식대로 치료할 수 있었다.

지금 상태에서 환자의 상태를 가장 잘 파악하고 있는 것은 도수.

앞으로 가장 적합한 방법으로 환자를 치료할 수 있는 것도 도수였다.

도수는 스스로 이 사실을 인지하고 있었고.

환자 또한 아무런 설명 없이도 그를 믿었다.

"그럼요. 제 목숨을 살려주셨는데… 제가 믿을 건 선생님뿐입니다."

그는 도수의 어깨 너머, 지금 돌아가는 상황에 혼란을 겪고 있는 강석현을 향해 말했다.

"들으셨다시피 저는 이 선생님한테 치료를 받고 싶습니다. 여사님께는 제가 잘 말씀드릴 테니 걱정 안 하셔도 됩니다. 감사합니다."

부드럽지만 단호한 어조.

환자의 상태조차 불분명한 지금 강석현은 이 상황을 반겨야 할지 슬퍼해야 할지 갈피를 잡지 못했다.

*　　　　*　　　　*

병실을 나서기 무섭게, 강석현이 질문을 던졌다.

"뭡니까?"

도수가 그를 쳐다보자.

강석현이 이어 물었다.

"환자를 한번 봐달라고 모셨더니 빼 가다니요. 이게 무슨 짓입니까? 천하대병원 의사들은 다 이렇게 무례해요?"

"별로 내 환자 네 환자 따지고 싶은 생각은 없지만."

도수가 차분하게 덧붙였다.

"제가 최초 진단을 내렸고 그 환자를 오성병원에서 데려간 거죠."

"동의하지 않았습니까?"

"그런데 저를 다시 부르셨지 않습니까."

도수가 막힘없이 대답했다.

"발견, 진단, 치료. 이 세 가지가 막힘없이 이뤄져야 합니다. 이 차 병원에서 진단을 하고 치료가 원활하지 않아도 삼 차 병원으로 보내죠. 그런 상황에서 삼 차 병원에 따지는 이 차 병원이 있습니까?"

"지금 우리 오성병원을 이 차 병원이라고 폄하하는 겁니까?"

강석현의 얼굴이 붉게 물들었다. 오성병원은 천하대병원과 어깨를 나란히 하고 있는 명실상부 대한민국 최고의 삼 차 병원이었다.

그런 곳을 이 차 병원에 빗댄 것은 자존심에 큰 상처였다.

그러나 도수에게 중요한 건 자존심 싸움이 아니었다.

"그럴 리가요. 화를 내실 상황이 아니라는 얘길 한 겁니다."

"화를 내지 말라고요?"

"진단도, 치료도 안 돼서 저를 부르셨습니다. 환자를 치료할 자신이 있는 의사가 환자를 치료하는 게 환자를 위한 길 아닙니까?"

"지금 감사라도 하라는 겁니까?"

"감사 인사 들을 생각 없습니다."

도수가 말을 이었다.

"하지만 환자를 위한 길을 막아서진 마십시오."

"후……."

한숨을 길게 내쉬며 화를 다스린 강석현이 다시 입을 열었다.

"좋아요. 그래서, 어떤 진단을 했습니까? 이번에도 뇌출혈이 확실합니까?"

환자를 만나서 고작 한다는 일이 사담을 나누는 정도였다.

아무것도 하지 않았으니, 아무 결론도 나지 않아야 정상이다.

그러나 도수는 결론을 냈다.

"뇌출혈입니다."

"나 참, 황당한 인사로군."

혼잣말처럼 중얼거리는 강석현.

비록 도수가 대학을 나오지도, 정규 코스를 밟지도 않았지만 만약 정규 코스를 밟았다면 직급을 떠나 한참 후배였다.

학계에선 서로 소속이 달라도 이러한 질서가 통용된다.

결국 강석현은 센터장 대 센터장의 입장을 버리고 선배로서 고자세를 취한 것이다.

"이 선생 명성은 모르지 않아. 그러니 이렇게 대우를 해줬던 거고. 아무리 그래도 환자를 두고 황당무계한 소리를 하는 건 용서할 수 없다."

"저랑 감정 소모 하실 필요 없습니다. 어차피 환자 보호자한테도 설명해야 할 테니 도착하는 대로 검사를 해보세요. 제 말이 틀렸다면 환자는 오성병원에 인계하겠습니다."

"뇌출혈이면?"

"천하대에서 치료받게 하시죠."

강석현은 다시금 머릿속이 복잡해졌다. 말투를 바꿔가며 하대까지 했는데 발끈하긴 커녕 눈 하나 깜짝하지 않는 것도 묘하고, 뇌출혈을 일말의 의심도 없이 확신하는 것도 의문투성이였다.

'정말 확신하는 건가?'

그렇지 않은 이상 이렇게 당당하게 나올 수 있을까?

강석현은 조금 더 신중하게 대처했다.

"…뇌출혈이 맞다면 더더욱 빨리 수술을 해야 할 텐데. 이렇게 두 손 놓고 있어도 되는 건가? 뇌압이 올라가다가 다른 혈관이라도 터져 버리면? 그땐 어쩔 셈이야."

"현재는 출혈이 멎은 시점입니다. 시간이 없어요. 아시다시피 배 안에서 뇌수술을 하는 건 위험합니다. 시간이 있다면 수술을 강행하지 말아야 해요."

"천하태평이구만!"

하지만 도수는 이미 듣지 않고 있었다. 간호사가 들어간 병실 문틈 사이로 누워 있는 어린아이를 보고 있었다.

그리고 지금까지 나누던 대화의 맥락을 벗어나는 질문을 던졌다.

"왜 저 아이가 아직도 저러고 있습니까?"

"뭐?"

"이쪽으로."

도수는 성큼성큼 병실 문을 열고 들어갔다. 너무 자연스러워서 강석현은 자기도 모르게 뒤따라갔다.

"뭔데 그러……"

"이 아이."

도수는 겉옷을 들춰 부풀 대로 부푼 배를 보여주었다.

"뼈가 부러지고 장기가 깨졌습니다. 배 부푼 걸 좀 보세요. 복강 내 출혈이 심한 상태고, 피로 가득 차 있습니다."

"수술이라도 하라는 건가?"

"당연히!"

자기도 모르게 언성을 높인 도수가 이글이글 불타는 눈빛으로 목소리를 착 깔았다.

"응급수술 들어갔어야 하는 것 아닙니까?"

"이 선생 말처럼 배 속이 엉망이 된 환자야. 뼈가 부러지고 장기가 깨졌는데 움직이는 배 안에서 수술을 하라고?"

"더 위험한 수술도 하라고 하지 않았습니까?"

"뭐?"

"방금 전 뇌출혈 환자에 대해선 뇌수술을 해야 하는 것 아니냐고 말씀하셨어요. 배 안에서."

"그야 이 선생이 너무 확신하니까! 그렇게 자신 있으면 한번 해보라고……."

"지금 하겠습니다."

"……!"

강석현이 눈을 부릅떴고.

그를 쳐다본 도수가 말했다.

"자신 있으면 하라면서요. 이 아이, 지금 제가 수술하죠."

"내가 이 선생을 부른 건 뇌출혈 환자 때문이야."

"뇌출혈 환자만 특별한 겁니까?"

"뇌출혈 환자가 더 중태라는 뜻이다. 그걸 알면서도 뇌출혈 환자보다 이 환자를 먼저 수술하겠다고?"

"어떻게 그렇게 확신합니까?"

"뭐를?"

"어딜 다쳤든 손상 부위나 정도에 따라 환자의 중증도는 다릅니다. 그걸 아실 텐데요."

"하!"

강석현은 고개를 절레절레 저었다.

"이 선생을 철석같이 믿는 뇌출혈 환자가 들으면 얼마나 실망스러울까. 자네 마음대로 해. 그리고 자네 선택에 대한 책임도 자네가 지고."

"그러죠."

한숨을 내쉰 강석현은 병실 문을 열고 나갔다.

그 자리에 도수만 남자, 화장실 문을 열고 한 여성이 나왔다.

아이의 어머니 같았다.

"제가 있으면 안 될 것 같아서……."

"신경 쓰지 않으셔도 되는 이야기였습니다."

"감사해요, 선생님……."

아이 엄마는 하염없이 눈물을 흘렸다.

그도 그럴 수밖에 없는 것이 난리 통에 잃어버렸던 아들을 다시 봤을 땐, 온몸에 붕대를 감고 있었기 때문이다.

오 분 전에 정형외과 선생이 보고 갔지만 아이는 십 분째 고통스러운지 끙끙 앓고 땀을 뻘뻘 흘리며 정신을 못 차리고 있었다.

그럼에도 의사들은 곧 육지에 도착하니, 그때 수술을 받아야 한다고 같은 말만 반복할 뿐이었다.

속이 시커멓게 타들어가던 아이 어머니에게는 도수가 단비

와도 같을 수밖에.

"선생님."

"예."

"우리 아들, 괜찮은 거죠……?"

"많이 다쳤습니다."

"끄윽. 끅……."

아이 어머니가 흐느끼는 것을 보며.

도수가 말을 이었다.

"그래도 최선을 다해 수술을 할 겁니다. 최선을 다하겠습니다."

"네, 제발 그래 주세요. 이렇게 흔들리는 배 안에서 수술이나 가능할지……."

어선에 비하면 크게 흔들리진 않고 있었지만 그래도 진동이 아예 없을 수는 없었다.

그것만으로도 극도의 정교함을 요하는 써전에게는 치명적이다.

즉, 다른 사람이라면 큰 수술은 불가능할 터.

그러나 도수는 이미 움직이는 헬리콥터 안에서 개복을 하고 대동맥을 연결한 경험이 있었다.

비록 지금은 그때보다 훨씬 더 큰 수술이 되겠으나.

반대로 헬리콥터보다 흔들림이 심하진 않았다.

"아드님을 위해 기도해 주세요. 저도 제가 아는 모든 의술을 다해 아드님을 치료해 보겠습니다. 곧 수술 들어갈 테니 잠시 실례하겠습니다."

가볍게 고개를 숙인 도수가 병실을 나서서 무전기를 켰다.

"여긴 천하대 의료 팀 이도수. 응답하라, 오버."

―들린다. 자알 들린다. 그쪽 상황은 어떤가, 오버?

강미소였다.

은근히 도수에게 반말을 하는 걸 즐기는 것 같았다.

하긴, 얼마 만의 반말이란 말인가?

천하대에 와서 위치가 뒤바뀐 뒤로는 한 번도 못 써봤다.

하지만 도수는 그 시절의 향취를 음미할 만큼 여유롭지 못했다.

"가용 가능한 혈액이랑 의료 인력 전부 이쪽으로 보내달라, 오버. 특히 김 교수님은 반드시 모셔 와야 한다."

―안 그래도 이쪽은 마무리 작업 중이다… 상황이 그렇게 안 좋은가, 오버?

"그렇다."

치직.

잠시 후.

강미소의 대답이 들려왔다.

―알겠다, 오버. 의료 팀 즉시 파견하겠다.

그것으로 무전이 끝났다.

"하."

진이 빠졌다.

구조 작전으로 인해 체력이 다 빠져 있었다.

거기다 수십 명의 환자를 보고 오성그룹 선박으로 넘어온 후에는 투시력까지 몇 번 썼다.

그야말로 기진맥진.

이런 상황에서 또 한 번 큰 수술을 해야 한다.

배가 육지에 도착하기까지 한 시간 남짓.

그 시간이면 아이는 못 버틸 것이다.

결국 그 전에 아이를 말려 죽이는 문제의 원인을 제거해야 한다는 뜻.

'할 수 있는 데까지 한다.'

그래서 김광석을 부른 것이다.

중증 외상 수술이라면 김광석 또한 도수에 크게 뒤지지 않으니까.

'2차 수술이 필요할지도.'

거기까지 염두하고 있는 그때.

누군가 말을 걸어왔다.

"또 보네요."

도수가 고개를 돌렸다.

그곳에는 나유하가 홍조를 띤 채 서 있었다.

"길게 인사 나눌 시간은 없을 것 같습니다. 제가 지금 좀 바빠서."

"저도 지금은 타이밍이 아니라고 생각해요."

"……"

"제가 도울 일이… 없겠죠?"

도수는 그렇다고 대답하려다.

번뜩 생각난 부분이 있었다.

"이 배, 잠시 멈출 수 있겠습니까?"

"배를 멈추라고요?"

고개를 끄덕인 도수가 말했다.

"환자 분류 할 때 누가 어떤 상태인지 전부 체크했습니다. 지금 당장 수술이 급한 환자는 아이 한 명뿐이에요. 배를 멈춰도 다른 환자들은 살지만, 배를 멈추지 않으면 아이의 수술이 극도로 위험해질 수 있습니다."

"그럼 당연히 배를 멈춰야죠."

"제가 부탁해도 안 먹힐 겁니다. 일단 배가 멈추는 순간 지금도 고통스러워하고 있는 환자들이 불만을 얘기하겠죠. 아이의 사정을 일일이 다 설명해도 개중에는 받아들이지 못하는 환자들이나 보호자들이 있을 겁니다. 아이의 상태를 내 몸처럼 정확히 아는 사람은 없으니까. 그리고 환자들이 힘들어하면 오성그룹 의료 팀이나 직원들은 혹시 생길지 모르는 문제를 방지하기 위해 배를 멈추지 않을 겁니다."

"그래서 저한테 부탁하는 거군요."

"네. 임 여사님 손녀분의 이야기라면 들을 테니까. 어차피 사고가 난다 해도 모든 책임은 이 배를 움직인 임 여사님이 지셔야 할 테니까요."

"아니죠."

나유하가 미미하게 웃었다.

"가장 큰 책임은 환자를 수술하겠다고 결정해서 배까지 멈춘 집도의 몫이겠죠."

"저 빼고요."

피식 웃는 도수.

마주 웃은 두 사람 가운데.

나유하가 진지한 얼굴로 대답했다.

"약속할게요. 배를 멈추겠다고. 하지만 오래 멈추진 못할 거예요. 왠지 할머니가 아시면 저를 도와줄 것 같지는 않거든요."

임옥순은 통이 크고 마음이 넓은 여자였지만 사업가 기질이 남다른 인물이기도 했다. 따라서 절대 손해 볼 행동은 하지 않는단 철칙이 있었다. 만약 손해를 보더라도, 다른 이익으로 충분히 상쇄할 수 있는 손해만을 감수한다.

이런 점을 누구보다 잘 알고 있는 나유하의 얘길 들은 도수는 자신이 갖고 있던 무전기를 내밀었다.

"가장 결정적인 순간의 몇 분. 그거면 됩니다."

고개를 끄덕인 나유하가 눈을 빛냈다.

그 정도라면 할머니를 속일 수 있을 것 같았다. 배가 멈춘 것을 느끼고 선장한테 연락하기까지, 최소 몇 분 정도는 소요될 테니.

제13장

배 안에서

　도수의 예측은 시작부터 틀어졌다. 그의 태도에 불만을 느
낀 강석현이 임옥순 여사에게 쪼르르 달려갔던 것이다.

　─여사님, 강석현 선생입니다.

　배 안에서까지 비서에게 인터폰으로 보고를 받은 임옥순이
대답했다.

　"들어오시라고 해요."

　곧 강석현이 들이닥쳤다.

　"여사님."

　"강 선생."

　"송구하지만 안 좋은 소식입니다."

"뭐죠?"

"정동진 기자가 이도수 선생에게 치료를 받겠다고 합니다."

"정동진 기자가 탔다는 걸 알자마자 우리 선박으로 데려왔어요. 일이 왜 이렇게 되죠?"

"그게……."

강석현은 고개를 푹 숙였다. 그의 증상을 확신한 것이 도수밖에 없다는 사실을 얘기하기가 창피한 것이다. 그러나 검사를 해보지도 않은 상황에서 도수 말만 믿고 '뇌출혈'을 장담할 수도 없는 노릇.

강석현이 대답했다.

"정동진 기자의 최초 발견자가 이도수 선생이지 않습니까?"

"그런데요."

"이도수 선생 말로는 정동진 기자가 뇌출혈이라고 합니다."

"이도수 선생 말로는?"

임옥순의 눈매가 찌푸려지자.

강석현은 간담이 서늘했다. 남들은 모르는 큰 야망을 품고 있는 그에게 임옥순은 동아줄과도 같은 존재였기 때문이다.

'이번 기회를 날릴 수 없다.'

그가 말했다.

"뇌출혈을 확신하긴 이른 상황입니다. 이도수 선생의 속단이 무모한 겁니다. 여사님도 아시겠지만 충분한 검사 없이 증상만으로 환자를 판별하는 건 도박이나 다름없지 않습니까?"

그럼에도 임옥순 여사의 표정은 풀리지 않았다.

"그 도박이 내 목숨을 살렸어요. 안 그래요?"

"…그건."

"됐고, 그래서 정동진 기자가 뭐라고 하던가요?"

"애초에 이도수 선생이 자길 구했으니 그에게 치료를 받겠다고……."

"우리 오성을 신뢰하지 못한다는 뜻이군요."

"……."

"그 말인즉슨 강 선생이 환자에게 신뢰를 못 줬다는 거고."

"그, 그렇지 않습니다! 환자가 너무 완강했을 뿐입니다. 전 자존심을 버리고 이 선생을 우리 배로 부르면서까지 환자에게 최선을 다했습니다."

"그건 그거대로 문제 같은데. 우리 오성병원의 강석현 선생은 천하대의 이도수 선생보다 실력이 없다는 말로 들리네요."

"그게……."

"선생은 지금 오성 이름을 걸고 여기 와 있는 겁니다."

"…죄송합니다."

범 같은 여인인 줄은 익히 알고 있었지만 강석현은 절로 위축이 됐다. 임옥순은 그런 그를 보며 나지막이 한숨을 내쉬었다.

'이러니 내가 이도수를 탐내지.'

도수는 오성병원 응급센터장도 꼼짝 못 하는 임옥순을 상대로 전혀 위축되지 않았다. 아니, 오히려 환자를 위해 병실을 비워달라고 당당히 요구했다. 이번에 선박을 요청한 것만 봐도 두 사람의 차이를 알 수 있었다.

가만히 강석현을 응시하던 임옥순이 입을 열었다.

"그래, 그래서 정동진 환자를 천하대병원 의료 팀에 빼앗겼단 말을 하러 온 건가요?"

"아직… 검사 결과가 뇌출혈로 안 나오면 이도수 선생이 실수를 한 게 됩니다. 그때가 되면 환자는 우리 병원에서 치료를……."

"하."

헛웃음을 터뜨려 말을 자른 임옥순이 날카롭게 물었다.

"그때까지 정동진 환자 상태가 어떨지 감이라도 옵니까?"

"예?"

"만약 의식이 없으면? 이미 정동진 기자는 이도수 선생한테 치료를 받겠다고 했어요. 그럼 결국 천하대병원에 입원하게 되겠죠."

"아!"

"아? 차라리 그러면 다행이지, 혹 정동진 기자가 수술을 받아 잘되거나 최악의 경우 잘못되기라도 하면 어쩔 셈이죠? 검사받기 전까지 아무것도 못 했던 우리 병원의 입장이 뭐가 되느냔 말입니다."

"……!"

"아, 죄송하단 말은 하지 마세요."

강석현은 감히 입을 열 수조차 없었다. 그가 멍청하게 서 있자 임옥순이 다시 물었다.

"제가 들을 얘기가 더 남았습니까?"

"그……."

강석현은 머릿속이 하얗게 탈색돼서 미리 고자질하려 했던 말이 떠오르지 않았다. 그렇게 잠시 기억을 되짚던 그가 간신히 대답했다.

"마, 맞습니다. 여사님 말씀처럼 정동진 환자가 정확히 어떤 상황인지도 모르는 마당에… 정말 이도수 선생 말처럼 뇌출혈이라고 하면 빠른 조치가 필요한 상황에 복강 내 출혈이 있는 다른 환자를 수술하겠다고 합니다. 우리 병원에서 담당하고 있는 환자를, 멋대로요."

"근거는?"

임옥순이 짤막하게 묻자, 그가 기다렸다는 듯 줄줄 말했다.

"정작 뇌출혈이 의심되는 정동진 기자는 괜찮다며 그대로 두고 아이의 수술을 서둘렀습니다. 지금 여기가 태평양도 아니고, 제 생각엔 아이보단 발작까지 겪었던 정동진 기자 상태가 더 우려되는데 말이죠."

"모두가 이해할 수 없는 상황이네요. 그렇죠?"

"그렇습니다!"

강석현은 이제야 임옥순이 자신의 마음을 알아준다고 착각했지만.

다음 임옥순의 입에서 나온 대사는 예상과 달랐다.

"이유는 파악했나요?"

"그게… 워낙 비상식적인 판단인지라."

"그러니까 자기 환자를 뺏기는 겁니다."

"예?"

강석현의 표정이 차갑게 굳었다. 아무리 임옥순이라도 의사를 상대로 해도 될 말이 있고 못 할 말이 있다.

그럼에도 그녀가 임옥순이기에, 강석현은 반발하지 못했다.

그가 어떤 기분이던 임옥순은 개의치 않고 계속해서 촌철살인(寸鐵殺人)의 일침을 날렸다.

"다른 의사가 아무도 이해할 수 없는 행동을 했다면 '왜 그랬을까' 먼저 고민해 보고 나한테 찾아왔어야 하는 것 아닙니까? 이도수 선생이 실력 없는 의사예요? 그는 한국에 와서 수술한 모든 환자를 살려서 수술실을 내보냈어요. 정작 나만 해도 오성병원에서 어쩌지 못했던 걸 이도수 선생이 치료해 줬죠. 그런 사람이 비상식적인 판단을 했다면 어째서 그랬는지부터 알아봐야 하는 것 아닙니까?"

"그동안은 운이 좋아서……."

"운이 좋은 건 한 번이에요. 행운이 반복되면 그건 실력인 겁니다."

임옥순은 손을 휘휘 내저었다.

"이도수 선생이 하겠다는 아이 수술, 적극 지원해요. 정동진 기자도 앞일이 불투명한데 아이까지 잘못되면 돌이킬 수 없습니다."

"아……."

고개를 꾸벅 숙인 강석현이 몸을 돌리려는 순간.

임옥순이 날카롭게 물었다.

"대답은?"

다시 바로 선 강석현이 대답했다.

"분부대로 하겠습니다."

고개를 끄덕인 임옥순이 말했다.

"나가봐요."

고개를 꾸벅 숙이고 방을 나선 강석현은 멍한 표정이었다. 강하게 주장해서 이도수를 내쫓으려던 계획은 무참히 박살 났고 오히려 영혼까지 털려서 방을 나온 것이다.

"적극 지원하라고?"

강석현은 어처구니없다는 듯 웃었다.

"나더러 그 자식 들러리를 서라는 겁니까?"

임옥순이 들으라는 듯 허공에다 물은 그는 휴대폰을 들어 어딘가로 전화를 걸었다.

그러나.

—고객님께서 통화 중이서서 전화를 받을 수 없습니다. 잠시 후 다시 걸어주시기…….

전화를 끊은 강석현은 미간을 찌푸렸다.

병원장한테 직통으로 전화를 넣어서 일을 해결해 보려 했는데, 전화는 또 왜 안 받는단 말인가?

*   *   *

그 사이.

병원장과 통화를 하고 있는 것은 임옥순이었다.

"모든 환경을 다 만들어주고 영웅이 되라는데 자기 밥그릇 하나 못 챙기는 작자를 내게 보낸 거예요?"

─죄송합니다, 부회장님. 너무 갑작스럽게 파견 팀을 구성하느라 미처 똑바로 정리하지 못했습니다.

"그 말이 진실이길 바라요. 정말 강 선생을 우리 병원에서 가장 뛰어난 사람이라고 보낸 거면 너무 허망할 것 같으니까."

─물론입니다.

"내가 의료 재단과 병원 사업에 비중을 두고 있다는 걸 잊지 마시고요."

─여부가 있겠습니까? 항상 감사한 마음으로 근무하고 있습니다.

"그 호감을 절망으로 바꾸지 말라는 뜻이에요."

─예… 알겠습니다.

병원장은 잠에서 막 깬 목소리인데도 깍듯했다. 대한민국 넘버 원, 오성병원에서 인생의 절반인 이십 년 이상을 근무했고, 병원장까지 오른 인물이기에 더 그랬다. 이제 오성병원이 아니면 그에게는 정년까지 지금과 같은 부귀영화를 누릴 방법이 없었기 때문이다.

그리고 임옥순은 그 모든 걸 무너뜨릴 힘을 가진 여자였다.

"강 선생은 어쩔 셈이죠?"

―본원의 위신을 깎아먹은 책임을 지게 하겠습니다.

"병원장 판단에 맡깁니다."

―감사합니다.

뚝.

전화를 끊은 임옥순은 병원장이 취할 행동을 알고 있었다.

비록 그녀에게 내색하진 못해도 이 밤에 전화를 받고 단단히 성질이 났을 것이다.

그 불길은 강석현을 덮칠 테고.

강석현은 곧 지방으로 가거나, 해외로 나가거나, 자진해서 오성병원을 떠나게 될 것이다.

그리고 다신 삼 차 병원 전문의나, 삼 차 병원을 끼고 있는 학교의 교수로 부임하진 못하겠지.

이래서 사회가 무섭고, 의사 사회는 더 무서웠다.

엘리트 집단은 그만의 결속력을 가지게 마련.

한마디로 한 가지 행동이 인생 전반에 걸친 파국을 초래할 수 있다는 것이다.

대학병원에 남는 이상 대학부터 정년까지 이 흐름에서 벗어날 수 없다.

그야말로 말 한마디로 강석현의 인생을 바꾼 임옥순은 책상을 톡톡 두드리다 비서에게 전화를 걸었다.

—예, 대표님.

비서가 답하자.

그녀가 차분한 목소리로 말했다.

"본원에 자리 하나 빌 거야. 장소는 근사한 곳으로. 이도수 선생한테는 티 내지 말고 약속 한번 잡아봐요."

*   *   *

도수는 막간을 이용해 나유하와 함께 갑판 위로 나갔다.

세찬 바람이 슬슬 그치기 시작한 눈발을 싣고 불어닥쳤다.

여전히 파도는 높았다.

도수는 자기 일을 하러 왔지만, 나유하는 그를 따라온 것이다.

"궁금한 게 있어요."

그녀가 입술을 떼자.

도수가 고개를 돌렸다.

"얘기해요."

"선생님은 항상 확신하는 것 같아요."

"확신?"

"선생님이 해야 할 일에 대해서든. 환자에 대해서든."

도수는 그녀가 말하는 '확신'의 의미를 알 수 있었다.

"항상 무섭습니다."

"무섭다고요?"

"네. 제가 이러다 봉변을 당하진 않을지, 수술 하기 전에는 환자를 잃진 않을지 두렵죠."

"그런데 어떻게 그렇게 차분하고 거침없어요?"

나유하가 가장 궁금한 게 그것이었다.

도수는 꿈에도 모르겠지만, 그를 만난 후 나유하의 행동은 조금씩 변화를 겪고 있었다.

언제나 확고한 그를 보며 늘 마음속에 가둬놨던 대담한 행동들을 저지르게 되는 것이다.

세상에, 할머니한테 대들다니.

오늘만 해도 평소에는 꿈도 못 꾸는 일을 해냈지 않은가?

이런 이유로 질문을 받은 도수가 대답했다.

"해야만 하는 일이니까."

"예?"

"제가 무섭다고 책임을 회피하면 누군가는 죽고, 누군가는 소중한 사람을 잃게 될 겁니다. 전 제 두려움보다 그게 더 두려워요."

"아……."

"의사는 절대 피해선 안 됩니다. 축구의 골키퍼처럼 마지막에 서 있는 사람. 그게 제가 서 있는 자리니까요."

"……."

도수를 빤히 응시하던 나유하는 바다로 고개를 돌리며 중얼거렸다.

"피하면 안 된다……."

그녀는 항상 도망쳐 왔다.

'무엇으로부터?'

자기 스스로에게 물었으나 이미 대답을 알고 있었다.

'내 늘 자신으로부터… 도망쳤어.'

할머니에게는 할머니를 닮은 손녀가 되기 위해.

경영진들에게는 나이답지 않게 성숙하고 대담한 여자아이가 되기 위해.

한집에 사는 부모님한테는 뭐든 혼자서도 척척 잘하는 딸이 되기 위해. 그리고 남들한테는 행복한 재벌 3세로 보이기 위해 애써야 했다.

오직 도수에게만 본심을 말했다.

도수라면, 누구에게도 잘 보이려 할 것 같지 않았기에. 혹은 자신과 어울려도 부족하지 않은 '수준'의 사람이라고 생각했기 때문에 허물없이 다가간 것이다.

하지만.

'내가 원하는 건 이런 삶이 아니야.'

인생을 주변의 뜻대로 살고 싶은 생각은 추호도 없었다. 주변 사람을 비슷한 부류로 사귀고 '수준별'로 판단하고 싶지도 않았다. 자기 자신의 미래를 이미 길이 정해진 내비게이션처럼 설계하기 싫었다.

도수처럼 자기 자신의 모든 걸 내던질 일을 찾고, 각양각색의 사람을 만나고, 남의 눈치 안 보고 거침없이 나아가고 싶었다.

동경.

그런 감정을 담은 나유하가 그를 부르려 했을 때.

그는 이미 다른 쪽을 바라보고 있었다.

"다들 잘 왔습니다."

구명정에서 천하대병원 의료 팀원들이 내리고 있었다. 그중에는 금발의 여기자도 한 명 섞여 있었다.

바로 매디 보웬이었다.

"닥터 리."

악수를 나눈 도수가 말했다.

"기자님 얼굴 보니 더 긴장되네요. 꼭 수술 성공해야겠어요."

"안 그러면 망신을 줄 테니 각오해요."

빙그레.

서로 웃는 두 사람.

그사이 김광석이 다가와서 물었다.

"환자는?"

도수는 그를 보고 표정을 굳혔다.

"안 좋습니다. 배 속이 엉망이에요."

"중증 외상이군."

"당장 수술해야 합니다. 지금도 많이 지체됐어요."

김광석이 고개를 끄덕였다.

"그럴 것 같아서 피도 충분히 챙겨 왔다. 어서 가지."

그들은 다 같이 객실로 움직였다.

갑판 위를 떠나기 전, 도수는 살짝 고개를 돌려 뒤를 돌아봤다.

나유하가 그들을 바라보고 있었다.

끄덕.

살짝 목례한 도수는 문 너머로 사라졌다.

뒤에 남은 나유하가 한숨을 내쉬며 다시 바다를 바라봤다.

"…부럽네."

복합적인 의미가 담긴 한마디.

여러 사람의 만감이 교차하는 가운데, 전무후무한 움직이는 배 위에서의 대수술이 시작되려 하고 있었다.

『레저렉션』 6권에 계속…

초대형 24시 만화방

신간 100%, 샤워실, 흡연실, 수면실(침대석), 커플석, 세탁기 완비

■ 광명 광명사거리역점 ■

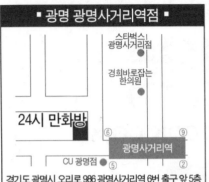

경기도 광명시 오리로 986 광명사거리역 6번 출구 앞 5층
02) 2625-9940 (솔목타워 5층)

■ 강북 노원역점 ■

서울 노원구 상계동 340-6 노원역 1번 출구 앞 3층
02) 951-8324 (화용빌딩 3층)

■ 일산 정발산역점 ■

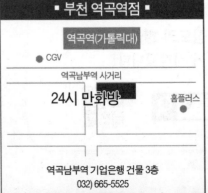

라페스타 E동 건너편 먹자골목 내 객잔건물 5층
031) 914-1957

■ 일산 화정역점 ■

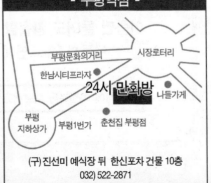

경기도 고양시 덕양구 화정동 984번지 서일빌딩 7층
031) 979-4874 (서일사우나 건물 7층)

■ 부천 역곡역점 ■

역곡남부역 기업은행 건물 3층
032) 665-5525

■ 부평역점 ■

(구)진선미 예식장 뒤 한신포차 건물 10층
032) 522-2871

너의 옷이 보여

킹묵 현대 판타지 소설
MODERN FANTASTIC STORY

꿈을 안고 입학한 디자인 스쿨에서
낙제의 전설을 쓴 우진.
실망한 채 고국으로 돌아오기 직전 교통사고를 당하고,
아무것도 보이지 않던 왼쪽 눈에
무언가가 보이기 시작한다.

그것도 어딘가 이상하게.

오직 그 사람만을 위한 세상에 단 한 벌뿐인 옷.
옷이 아닌 인생을 디자인하라!

디자이너 우진, 패션계에 한 획을 긋다!

Book Publishing CHUNGEORAM

유행이 아닌 자유추구
WWW.chungeoram.com

밥도둑

약선
요리王왕

가프 현대 판타지 소설

MODERN FANTASTIC STORY

유치원 편식 교정 요리사로 희망이 절벽인 삶을 살던
3류 출장 요리사.
압사 직전의 일상에 일대 행운이 찾아왔다.

[인류 운명 시스템으로부터 인생 반전 특별 수혜자로 당첨되었습니다.]
[운명 수정의 기회를 드립니다.]
[현자급 세 전생이 이룬 업적에서 권능을 부여합니다.]
-요리 시조의 전생으로부터 서른세 가지 신성수와 필살기 권능을 공유합니다.
-원조 대령숙수의 전생으로부터 식재료 선별과 뼈, 씨 제거법 권능을 공유합니다.
-조선 후기 명의의 전생으로부터 식치와 체질 리딩의 권능을 공유합니다.

동의보감 서른세 가지 신성수를 앞세워
요리의 역사를 다시 쓰는 약선요리왕.
천하진미인가, 천하명약인가? 치명적 클래스의 셰프가 왔다!

Book Publishing CHUNGEORAM

유행이 아닌 자유추구
WWW.chungeoram.com

MODERN FANTASTIC STORY

강준현 현대 판타지 소설

주무르면 다 고침!

희귀병을 고치는 마사지사가 있다?

트라우마를 겪은 후 내리막길을 걸어온 한두삼.
그는 모든 걸 포기하고 고향으로 향하게 된다.
그리고 그곳에서 특별한 능력을 얻게 되는데……

"도대체 나한테 무슨 일이 생긴 거지?"

한두삼,
신비한 능력으로 인생이 뒤바뀌다!

Book Publishing CHUNGEORAM